돈방석
영업
노하우

돈방석 영업 노하우

—

초판 1쇄 인쇄 2016년 9월 23일
초판 1쇄 발행 2016년 10월 1일

—

지은이   김우찬
발행인   문현광

—

교정교열 문현광, 정광희
디 자 인   김희진
마 케 팅   임재춘

—

발 행 처   하움
출판등록   제 2014-000020 호
F A X   062-716-8533

ISBN   979-11-953572-5-3 (13300)

돈방석 영업 노하우

김우찬 지음

하움

● Prologue

전쟁이다!

요즘 영업 현장은 그야말로 전쟁터를 방불케 한다. 끈기만 있으면 해낼 수 있다는 구시대적 신념으로 달려들어 보지만 냉정한 경쟁과 거절 앞에 좌절하기 마련이다. 고객 심리를 파악하고 감성을 움직이는 끼, 과학적인 영업 프로세스 그리고 설득력 등의 역량을 갖추지 않고 영업에 도전하는 것은 핵과 미사일이 난무하는 21세기 전쟁에 6·25시절 칼빈 소총을 들고 뛰어드는 것만큼 무모한 짓이다.

경제 성장이 정체되어 고객은 지갑을 닫은 지 오래다. 또한 SNS를 통해 이미 고객들은 상품에 대한 가격과 정보를 파악하고 있다. 이러한 스마트 컨슈머들의 상품과 서비스에 대한 기대치는 하늘을 향하고 있다. 상품 구매와 심지어 보험 가입까지 앱을 통해 할 수 있게 되는 등 판매 루트의 다각화로 인해 경쟁은 더욱 치열해졌다.

이제는 다른 사람들과 비슷한 방법과 노력만으로는 영업에서 성공할 수 없다. 다른 영업인이나 매체가 아닌 '나'에게 사야 하는 명확한 이유를 고객에게 어필할 수 있는 자만이 생존할 수 있을 것이다. 이 책은 고객이 다음이 아닌 '바로 지금', 다른 사람이 아닌 '바로 나'에게 상품을 구매해야 하는 이유에 대한 명확한 답을 안내해 줄 것이다.

영업 현장에서 깨우친 필자의 노하우 그리고 베테랑 영업인들의 사례와 이론들을 모두 응축시켜 한 권의 책으로 담아냈다. 그리고 영업 마인드에 도움이 될 만한 명언들도 고심하여 찾아 각 장의 문두에 수록했다. 실적 슬럼프, 고객과의 트러블, 성격 불일치 등으로 방황하고 있는 영업인이 있다면 이 책이 작은 나침반이 되기를 소망한다.

● Contents

BUSINESS
KNOWHOW

1

감성
고객의 마음부터
열어라

BUSINESS
KNOWHOW

이성을 지배하는 감성

"세상에서 가장 어려운 일은 사람이 사람의 마음을 얻는 일이란다.
각각의 얼굴만큼 다양한 각양각색의 마음. 한순간에도 수만 가지의 생각이 떠오르는데
그 바람 같은 마음이 머물게 한다는 건 정말 어려운 거란다."
-생텍쥐페리, 《어린왕자》 中-

혹자들은 인간을 짐승과 구분 짓게 하는 것
이 '이성'이라 말한다. 하지만 인간의 뇌는 '이성'보다 '감성'에 훨씬
더 큰 영향을 받는다고 한다. 신경전달물질 중에 쾌락과 행복 등 '감
정'에 영향을 주는 도파민이라는 호르몬이 있는데, 도파민은 뇌가 이
성적 판단을 시도하기도 전에 분비된다고 한다. 어쩌면 인간은 '이성
적 동물'이라기보다는 '감성의 동물'이라고 말하는 게 더 합당할지도
모른다.

우리의 경험을 떠올려 보자. 누군가 분명 조목조목 다 맞는 말만 하
는데 그게 왠지 재수 없어 듣기 싫었던 적이 있을 것이다. 반면에 어
처구니없는 주장일지라도 당신이 사랑하는 연인이 하는 말이면 수긍

되는 경우가 많았을 것이다.

영업도 사람을 상대로 하는 일이기에 감성의 지배하에 있는 것은 마찬가지다. 예를 들어, 최고의 성능과 디자인, 게다가 최저가의 상품이 있다. 어느 영업인이 이 완벽한 상품의 구매 필요성을 논리정연하고 완벽하게 설명했다고 가정해보자. 이성적인 고객이라면 구매하지 않을 이유가 없었겠지만 고객은 이 상품을 구매하지 않았다. 영업인의 말은 청산유수였으나 표정이 왠지 사기꾼 같았고, 다리까지 떠는 모습에 고객은 신뢰를 잃었기 때문이다.

미국의 한 보험 회사는 고객 관리 차원에서 고객들에게 전화하여 상품 구매 이유를 설문 조사했다. 고객들의 구매 결정 이유는 의외로 이성적 근거보다는 '감성적인 이유'가 더 많았다고 한다. "영업인이 왠지 믿음직스러워서, 부족한 점이 있었으나 열심히 설명하려는 모습이 성실해보여서, 왠지 진심으로 대하는 게 느껴져서"가 구매 이유였다. 심지어 "전 남자친구와 느낌이 비슷해서 돕고 싶었다."는 답변도 있었다고 한다. 이 조사 결과를 보면, 고객들도 매우 주관적이고 감정적인 사람일 뿐이라는 점을 알 수 있다.

한마디로 고객 또한 이성적 판단을 하기 이전에 감성의 지배를 먼저 받는다. 일단 고객의 마음을 얻지 못하면 상품을 검토하고 따져보는 '이성적 판단'의 기회조차 얻지 못하게 된다. 때문에 영업인은 상품의 장점과 구매 필요성을 논리적으로 설명하기 전에 고객의 마음을 얻기 위해 노력해야 할 것이다. 그렇다면 정말 이성적인 방식보다 감성적인 영업 방식이 더 효과적일까?

자, 여러분 주변에 '세일즈 왕'을 관찰해보자. 그들은 각자의 장점과 전략을 활용하여 다양한 방식의 세일즈를 하고 있을 것이다. 하지만 그것은 영업인의 성향에 따라 크게 '이성에 기반을 둔 영업' 또는 '감성에 기반을 둔 영업'으로 양분될 것이다.

전자는 객관적인 데이터를 근거로 타사 대비 자사 상품의 우수성을 고객에게 비교 분석해준다. 그리고 상품 구매를 통해 해결되는 문제나 얻게 되는 효용을 논리적으로 설득하여 고객의 사인을 받아낸다. 반면 후자는 고객의 다양한 성향이나 연고 등을 분석하여 고객 개개인들과 맞춤형으로 '유대'를 형성한다. 한마디로 고객의 마음을 열어 사인을 받아내는 것이다.

물론 두 방식 모두 장단점이 있다. 하지만 효과적으로 고객을 확장하고 장기적으로 유지하는 데 좋은 영업 방식은 후자라는 것이 요즘 업계 종사자들의 대세적인 의견이다. 또한 '고객의 감성 케어'가 고객 만족도에 큰 비중을 차지한다는 여러 설문 통계 자료들이 이를 뒷받침한다.

상품을 고객에게 주는 이득이나 이성(객관적인 사실)에만 입각하여 판매한 경우라면 그 상품보다 더 성능이 좋거나 저렴한 타사 상품을 접하게 된 고객과의 거래를 유지하기 힘들다. 또는 고객의 상황이나 니즈 변화로 이전에는 장점이었던 상품의 특성이 더 이상 장점이 되지 못할 경우나 구매한 상품에 문제가 발생했을 경우 해약할 확률이 높다. 즉 고객과의 관계가 '이성'이나 '이해관계'에만 머무른 단계라면 작은 허들에도 고객과의 관계가 흔들릴 수 있다는 것이다.

설령 고객이 상품 구매에 만족했다고 한들 그 만족이 담당 영업인이 아닌 상품에 국한되어 있다면 '지인 소개'나 '재구매'는 기대하기 힘들다. 그런 고객들은 언제든 당신을 떠날 준비가 되어 있을 것이다. 때문에 우리는 고객과의 관계에 '이성'보다 좀 더 끈끈한 '아교'를 발라야 한다. 그 아교가 바로 '감성'인 것이다. 다음 장부터 7장까지 구체적인 사례와 경험들을 이야기하려 한다. 고객의 감성을 터치하여 마음을 얻는 법을 함께 알아보자.

knowhow 02 :

고객의 이야기로 만들어라

다른 사람의 이야기를 진지하게 들어주는 경청의 태도는
우리들이 다른 사람에게 나타내 보일 수 있는 최고의 찬사 중 하나이다.
-카네기-

이번 장의 주제가 '스토리'인 만큼 필자가 영
업을 시작하게 된 이야기를 잠깐 다룬 후 본론으로 넘어가려 한다. 필
자가 어릴 때 부친은 조부님께 월급을 받아 가정을 운영하셨다. 물론
필자도 풍족하게 성장했지만 가시방석과 같았던 어머니의 시집살이
를 생각하면 항상 마음이 무거웠다. 내 가정을 떳떳하게 지키기 위해
서는 조부님처럼 성공해야 한다는 강박관념 속에 살았다. 그렇게 영
업사원으로 시작하여 자수성가한 웅진그룹 윤석금 회장님의 책을 읽
고 영업을 마스터해야 한다는 신념으로 대학시절부터 영업의 세계에
뛰어들었다.

가장 먼저 시작한 것이 보험 영업이었는데, 당시 우리 지점은 '박람

회 영업'에 특화되어 있었다. 박람회 영업이란 벡스코, 코엑스 등과 같은 곳에서 특정한 주제로 열리는 박람회에 방문한 관람객들을 대상으로 영업을 하는 것이다. 박람회 관계자와 협의하여 일정한 비용을 지불하고 부스를 설치하여 그곳에서 고객에게 다양한 상품을 파는 영업이었다.

　무작위로 사람들에게 접근하여 영업을 하면 상대의 관심사와 성향 그리고 니즈 등을 파악하기 어렵기 때문에 적합한 상품을 추천하기 어렵다. 그래서 특정한 테마에 관심이 있는 특정한 집단이 모이는 '박람회'에서 그 집단을 타깃으로 영업을 시행했다. 우리 팀은 다양한 주제 중 '육아 박람회'를 위주로 영업했다. 태아와 아이 용품 그리고 육아와 관련된 모든 정보와 다양한 상품들이 집약된 박람회이기에 산모들이 많이 오곤 했다. 우리는 이 산모들이 관심을 가질 만한 '태아 보험'과 '학자금 저축'을 위주로 영업을 했다.

　첫 아이를 임신한 부모들은 이러한 상품들에 대한 개념과 필요성에 대해 전혀 모르고 있었다. "무슨 애가 태어나기 전부터 벌써 보험을 들고 대학교 학자금을 준비한다는 거예요?"라는 질문을 하는 고객들이 대다수였다.

　이처럼 고객에게 당장 필요하지 않는 상품도 판매해야 하기에 영업은 쉽지 않다. 때문에 우리 영업인들은 고객이 겪을 수 있는 문제의 심각성을 명확히 인지시켜주고 이 상품이 고객의 문제를 어떻게 해결해줄 수 있는지를 반드시 설명해주어야 한다. 이 같은 과정을 통해 고객이 생각지도 못했던 잠재 니즈를 일깨워줘야 한다는 것이다.

　그렇다고 해서 이 단계에서 멈추면 안 된다. 고객은 이 심각한 이야기들이 자신에겐 일어나지 않을 '남의 이야기'라고만 생각하는데 아무리 좋은 상품이 있다 한들 구매하려 하겠는가? 때문에 우리는 이 모든 이야기가 바로 내 앞에 앉아 있는 '고객의 이야기'가 될 수도 있다는 것을 실감나게 느끼도록 해주어야 한다. 한마디로 '고객의 이야기로 만들라'는 것이다.

첫 번째 사례는 박람회에서 만난 젊은 산모와의 상담이다. 이야기를 하다가 부친의 사업 부도로 고등학교 졸업 후 공장에서 일하다 남편을 만나 아이를 가진 후 아직 결혼식도 올리지 못한 예비 엄마라는 사실을 알게 되었다. 그 고객과는 오랜 시간 대화를 통해 깊은 라포 rapport(친근한 관계)를 형성할 수 있었다.

나는 이 고객의 숨겨진 아픔을 보듬어 주고 이분 자녀의 미래를 위해 학자금 저축을 선물해주는 것이 좋겠다고 생각했다. 상품에 대한 간략한 설명을 마치고 분위기가 무르익었을 때 감정을 몰입하여 손으로 가슴을 치며 고객의 이야기를 일반화하여 말했다(고객의 이야기를 하는 것은 좋다. 하지만 고객의 예민한 부분을 직접적으로 건드리면 상대의 성향에 따라 민감하게 반응할 수도 있는 점을 주의해야 한다. 때문에 고객의 성향에 따라 고객의 이야기를 일반화시켜 말하거나 간접적으로 말하는 게 좋다).

"비록 나는 가족을 위해 내 꿈을 포기해야 했지만, 소중한 내 자녀만큼은 자신의 꿈을 위해, 하고 싶은 공부를 마음껏 하며 남부러울 것 없이 행복하게 사는 것이 우리 어머님들 마음이잖아요? 비록 지금 당장은 어려울 수 있습니다. 하지만 자녀의 미래만큼은 지금 어머니의 결심에 따라 달라질 수도 있습니다." 하면서 학자금 저축의 필요성을 '고객의 이야기'에 이입시켜 말했다.

지난 세월과 뱃속에 아이를 생각하며 감정이 격해졌는지 배를 쓰다듬으며 입술을 지그시 깨물고 계약서(약관서)를 작성하고 있는 고객을 보니 가슴이 묵직하게 아려왔다.

"저희 어머니도 고객님과 같은 마음으로 저를 품고 키우셨던 것 같습니다. 오늘 꼭 고향에 계신 어머니께 전화드려야겠습니다."

"참 효자시네요. 그리고 진심으로 위해주셔서 감사합니다."

고객과 영업인 사이에 마음이 통하는 순간이었다.

고객이 영업인을 진심으로 믿게 된 순간부터는 더 이상 고객은 상품에 대해 의심하지 않는다. 심지어 가입 후 발생할 수 있는 문제의 가능성들에 대한 질문조차 하지 않았다. 상품에 대해서는 잘 몰라도 영업인에 대한 확고한 믿음이 영업인이 파는 상품으로 전이되는 원리인 것이다. 이미 그 고객은 필자를 자신에게 무엇인가를 팔려는 영업인이 아닌 자신의 아픔을 보듬어주고 자녀의 미래까지 걱정해주는 벗으로 느꼈던 것이다.

그 고객은 그렇게 학자금 저축에 가입했고, 박람회 마지막 날인 일요일에 공장 동료 2명과 함께 와서 총 3개의 학자금 가입을 해주었다. 그 후도 몇 번 연락이 와서 지인들을 소개해주곤 했다. 이렇게 고객의 이야기를 진심으로 경청하고 그 이야기를 상품의 필요성과 연결하면 고객의 마음을 얻을 수 있다.

다시 한 번 말하지만, 상품의 필요성을 고객의 이야기로 말할 수 있어야 한다. 좀 더 강하게 고객이 자신의 이야기로 감정이입할 수 있게 하려면 고객의 이름을 불러주고 고객의 꿈과 이상향을 자극해 주면 좀 더 효과적이다(단 고객의 이름을 부를 때는 실례가 되지 않는 선에서 상황에 맞는 호칭을 써야 한다). 또 다른 고객 사례를 살펴보자.

"우리 어머님 뱃속에 아이 이름 정하셨어요? 태은이요? 딸이신가 봐요? 이름 정말 예쁘네요. 옆에 앉아 있는 똑똑하게 생긴 아드님 이름은요? 태환이요!(태환이는 엄마 옆에 앉아 보험 브로슈어들을 소리 내어 읽으며 볼펜으로 낙서하고 있었다.) 우리 태환이 한글도 잘 읽고 똑똑하네. 태환이는 꿈이 뭐야?"

평소에 어머니의 바람을 은연중에 주입시켰는지는 몰라도 아이는 "의사 선생님 되고 싶어요."라고 대답했다. 어머니는 흐뭇한 듯이 아이의 머리를 쓰다듬었다.

"우와! 우리 태환이 의사가 꿈이구나! 역시나! 어머님, 의사가 될 아이들은 어렸을 때부터 남다른 것 같아요! 다른 아이들은 어머니가 상담 받을 때 옆에서 장난감을 던지며 울거나 유모차에서 자기 마련입니다. 근데 우리 태환이는 끊임없이 뭔가를 읽고 쓰고 있네요!"

브로슈어에 낙서를 하고 있는 아무것도 아닌 행위를 고객의 이상향에 맞추어 말하니 기분이 좋아지셨는지 고객은 금세 싱글벙글했다. "얘가 호기심도 많고 집에서도 항상 책 읽고 그림 그리고 해요." 고객은 소녀처럼 해맑게 웃었다.

"근데 어머님, 요즘 비싼 등록금 때문에 45% 이상의 청년들이 대학 진학을 포기하거나 학자금 대출로 빚쟁이가 되어버렸다는 뉴스 보신 적 있죠? 태환이 15년 후에 고려대 의대에 합격했습니다. 의대 등록금이 보통 한 학기에 최소 600~700만 원, 그리고 자취비와 생활비 월

100만 원 정도라고 생각하면, 1년에 최소 2,400만 원이 들 것이라 예상되네요. 의대는 6년이니까 졸업할 때까지 최소 1억 4천만 원 정도의 학자금이 준비되어 있어야 할 것 같아요."

"그리고 어머님, 15년 후 물가 상승률을 3배 정도라고 반영해보면 태환이가 대학생이 될 시기에 의대를 졸업하려면 대략 3~4억이 필요하겠네요. 어머님, 우리 태환이 꿈을 위해 지금부터 준비하셔야 합니다."(계산기로 계산하고 고객이 보기 쉽게 백지에 적어가며 설명을 한다.) 고객의 표정은 심각해졌다.

"휴. 막연히 태환이 공부만 열심히 시키면 되겠거니 했지만, 이렇게까지 현실적이고 구체적으로 계획해본 적은 없네요. 덕분에 좀 더 진지하게 태환이 교육을 생각해보게 되었어요."고객은 마치 내가 태환이를 의대에 합격시켜준 것 마냥 고맙다는 말을 한참 하셨다.

이야기가 마무리 될 때 쯤 어느덧 그 고객은 계약서에 사인을 하고 있었다. 그리고 물었다. "선생님. 학자금 이 정도 준비하면 태환이 충분히 공부시킬 수 있겠죠?"

"네, 어머님 문제없습니다. 의대생을 위한 학자금이다 보니 적지 않은 금액을 가입하셨습니다. 매달 넣으시다 보면 힘들 때도 분명 있으실 거예요. 하지만 어머님, 그때마다 태환이의 꿈을 기억해주세요."

그리고 옆에 앉아 있던 태환이와 새끼손가락을 걸며 약속했다.

"태환아, 어머니가 오늘 너를 위해 큰 결심을 하셨어. 공부 열심히 해서 꼭 의사 되어야 해!"

고객은 박람회장을 한 바퀴 구경한 후 필자가 있는 부스에 재방문하여 다른 고객과 상담 중인 필자를 기다렸다가 커피와 조각 케이크을 사주고 가셨다. 이야기는 아직 끝나지 않았다. 보험금 입금이 확인된 후 고객 집으로 태환이에게 쓴 편지와 작은 동화책 선물을 보내드렸다.

태환이 공부 열심히 해서 꼭 너의 꿈인 의사가 되자! 어머님께서 드시고 싶은 거, 사고 싶은 거 포기하고 아껴서 저축한 돈으로 네가 공부하고 있는 것이란다. 네가 공부를 열심히 하지 않으면 그것은 어머니의 헌신을 헛되게 하는 불효란다. 항상 너의 꿈을 응원할게.

필자가 보낸 이 편지를 태환이 책상 유리 아래 꽂아두었다고 고객에게 문자가 왔다. 이 고객과 지속적으로 안부를 주고받았고, 얼마 후 남편의 종신보험을 가입해주었으며 친척도 소개해주었다. 아직도 가끔 태환이의 사진을 카톡으로 보내주곤 한다.

knowhow 03 :

비 오는 날 고객을 찾아가라

백 권의 책에 쓰인 말보다
한 가지 성실한 마음이 사람을 움직인다.
-B. 프랭클린-

영업인들은 실외 활동이 많기에 날씨가 좋지 않은 날에는 보통 활동력이 떨어지기 마련이다. 하지만 이때가 오히려 기회가 될 수 있다. 평소에 거래처를 방문하는 경쟁 영업인들이 15명이었다면 날씨가 궂은 날은 5명 정도로 뜸해지기 때문이다.

고객과 관계가 오래된 타 영업인들에 가려 그동안 고객의 눈에 띄지 못했다면, 경쟁자들이 방심하게 되는 이런 날이 절호의 기회일 수 있다. 제약 영업이나 식자재 영업 등과 같이 지속적으로 납품과 관리를 유지해야 하는 영업의 경우 꾸준한 방문이 가장 중요하다. 고객의 입장에서는 이렇게 궂은 날까지 찾아와주는 영업인의 성실성에 신뢰를 갖게 될 것이고 그동안 당신을 눈여겨보지 않던 고객도 관심을 갖게 될 것이다.

비 오는 날 방문하여 고객에게 좀 더 임팩트 있는 감동을 주는 방법을 몇 가지 소개한다.

첫째, 비에 어느 정도 젖은 셔츠를 입고 들어가는 것이다. 밖에 비가 억수같이 쏟아지는데도 열심히 일하는 당신의 모습에 감동받을 것이다. 둘째, 비 오는 날에는 감수성이 풍부해지기 마련이다. 감성을 북돋우는 음악들을 USB에 넣어주거나 감동적인 글귀 등을 출력해서 주면 고객의 마음을 따뜻하게 해줄 수 있을 것이다. 셋째, 습기를 제거해주는 제습제나 우산 또는 우산 바구니 등을 선물해주면 당신의 센스를 좋게 봐줄 것이다.

단 주의사항도 몇 가지 있다. 첫째, 비 오는 날에 예민해지는 사람도 있다. 평소에 시니컬한 고객들은 비 오는 날 방문을 피하거나 언행에 각별히 신경 쓰는 것이 좋을 것이다. 둘째, 비 오는 날이면 냄새가 잘 나기에 방향제를 사용하거나 셔츠를 자주 갈아입어 냄새 관리에 철저해야 할 것이다. 셋째는 밖에서 흙탕물이 묻은 오염물들을 잘 털어낸 후 방문하자.

비 오는 날뿐만 아니라 추운 날에도 고객을 감동시키기에 좋다. 필자는 추운 날이면 따뜻한 두유나 꿀물을 사들고 고객을 방문한다. "날씨가 추워서 따뜻한 꿀물 한 병 준비해왔습니다. 고객님 감기 조심하십시오"라고 고객을 챙겨주면 "밖에 돌아다니시는 우찬 씨가 더 춥죠. 따뜻한 차 한잔하며 몸 좀 녹이고 가세요"라며 오히려 필자를 더 걱정해주곤 했다.

이처럼 자신보다 고객을 더 생각하는 마음과 어떤 궂은 상황 속에서도 고객과 함께하겠다는 진심이 고객에게 꾸준히 전해지게 된다면 고객의 마음은 조금씩 열리게 될 것이다.

knowhow 04 :

비흡연자도 라이터를 상비하라

상품을 팔기 전에도, 상품을 파는 순간에도,
팔고 난 이후에도 고객에게 최선을 다하라!
-샘 월튼-

고객을 감동시키는 방법은 다양하겠지만
결국에는 '고객에게 실질적 이득을 주는 것'과 '고객을 위한 마음을
전달하는 것'으로 크게 2가지로 분류될 것이다.

전자는 고객이 원하는 니즈를 완벽하게 충족해주는 것이다. 그것은
고객이 원하던 완벽한 상품이나 서비스가 될 수도 있다. 또는 저렴한
가격이나 고객이 가진 문제해결이 될 수도 있다. 후자는 고객을 위해
노력하는 모습을 보여주는 것이다. 이것은 고객에게 실질적인 이득을
주진 않지만 '사람을 보고 거래하는 유형의 고객'의 경우 전자보다 더
중요한 요인이 될 수도 있다. 그러면 고객을 위한 마음은 어떻게 전달
될 수 있을까?

필자는 비흡연자다. 하지만 가방에 라이터와 '비타민 담배'를 상비한다. 왜냐하면 흡연자 고객과 미팅이나 회식 자리를 가지게 되면 십중팔구 함께 흡연을 해야 할 경우가 생기기 때문이다. "우찬 씨도 같이 피워요"라고 권하는 고객은 단순히 같이 담배 피우자는 말이 아니다. 그 말 속에는 밖에서(비공식적인 자리) 잠깐 바람 쐬며 담소(사적인 이야기, 속마음)를 나누자는 뜻을 내포하고 있다.

이때 "저는 비흡연자인데 편하게 흡연하고 오세요"라는 식으로 응대하면 고객은 영업인에게 괴리감을 느끼게 될 것이다. 또는 설령 함께 나가더라도 고객이 담배를 피우는 동안 멍하게 서 있으면 불편하게 느껴질 것이다. 이렇게 되면 영업인은 고객의 속마음에 대해 좀 더 캐치하고 판매 확률을 높일 수 있는 절호의 기회를 놓치게 된다.

필자는 담배를 싫어하지만 이 기회를 절대 놓치지 않는다. 고객이 담배를 꺼내면 라이터를 꺼내 불을 붙여준다. 이때 서로의 손을 모아 불을 붙이면서 가까운 지인과 흡연할 때의 느낌과 동지애를 느끼는 경우가 많다고 한다. 그 후 필자는 비타민 담배(약국에서 파는 니코틴 성분이 없는 비타민 성분의 담배)를 꺼내어 피운다.

고객이 궁금해하면, "아, 사실 전 비흡연자입니다. 하지만 고객님과 함께 흡연하고 싶어서 비타민 담배를 준비해왔습니다." 이 말을 들은 고객은 자신을 위해 이렇게까지 세심하게 노력하는 영업인의 마음에 매우 크게 감동 받는다. 고객은 마음을 열게 되고 자신의 속마음을 드러내는 많은 말을 하게 된다.

이때 고객의 말에 적절한 호응과 맞장구를 쳐주며 잘 경청해야 한다. 이 대화를 통해 알게 된 정보들이 상품 판매 또는 상대 회사와의 거래를 성사시키는 결정적인 역할을 하는 경우가 많다. 함께 담배 2~3개비 정도를 피운 후 준비했던 라이터 선물을 준다. 라이터에는 '고객님과 진심으로 함께하는 인연이 되겠습니다'라는 글귀와 필자의 이름을 새겨두었다. 이쯤 되면 고객은 필자의 팬이 되어버린다.

"준비성에 정말 감동 받았습니다. 어떤 일을 맡겨도 듬직할 것 같습니다"라고 말하며 큰 거래를 열어준 고객도 있었고, "담배 피울 때 간혹 우찬 씨 생각이 납니다. 또 필요한 일 생기면 꼭 도움 구하겠습니다"라는 문자도 받았다.

담배는 극히 단편적인 사례일 뿐이다. 고객을 대하는 모든 일에 이런 식으로 철두철미하게 준비하여 응대하자. 고객의 기대 이상으로 고객을 감동시킨다면 영업인의 기대 이상으로 큰 계약을 성사시킬 수 있을 것이다.

knowhow 05 :

오래 보아야 사랑스럽다
영업도 그렇다

자세히 보아야 예쁘다.
오래 보아야 사랑스럽다.
너도 그렇다.
-나태주, <풀꽃>-

　　　　　　　사실 이 시를 처음 접했을 때는 시인의 고뇌
가 결여된 인스턴트 유행어 정도로만 오해했기에 시적 매력을 느낄
수 없었다. 하지만 일상에 지친 어느 날 아무 생각 없이 산책로를 걷
다가 이 시인의 통찰력을 깨닫고는 감탄했다. 멀리서 보았을 때는 그
냥 푸른 잡초로만 느껴졌던 풀꽃들이 '자세히 보니' 사람들의 얼굴처
럼 각양각색의 생김새가 있었다. 발걸음을 멈추고 쭈그려 앉아 '오래
보니' 바람에 떨림이 느껴졌고 자신만의 이야기가 있었다.

　사람의 눈길이 안 닿는 구석구석까지 이렇게 수천 가지 다른 인격
과 모양새를 가진 꽃들로 빈틈없이 스케치 해둔 조물주의 세심함이
경이로웠다. 그날 이후 틈틈이 산책하며 자연을 음미하는 것이 큰 낙

이 되었다.

그러고 보면 대인관계도 그렇고 영업도 그렇다. 마음을 열고 깊은 유대를 형성하기 위해서는 서로 자세히 보고, 오래 보는 '기다림'이 필요하다. 고객들에게 수많은 잡초들처럼 느껴졌던 영업인들이 하나의 '풀꽃'으로 인정되기 위해서는 당신을 자세히 보고 오래 보도록 만들어야 한다. 이번 장의 주제는 고객의 마음을 얻기 위해서는 '기다림을 가지고 자주 만나 공감대를 형성해야 한다!'는 것이다.

그렇게 하기 위해서 첫째로 '기다림'이 가장 중요하다. 영업을 하다 보면 실적이 급해서 유대가 덜 형성된 고객에게 부담을 주는 경우가 생기곤 한다. 하지만 '덜 익은 열매는 쓰기 마련!' 관계가 조금 더 무르익은 후 판매했다면 성사시킬 수 있었던 계약을 급한 마음으로 찔러 보았다가 잠재 고객마저 잃게 되는 안타까운 경우가 생길 수 있다. 고객이 기꺼이 구매해야 추가 계약이나 지인 소개도 기대할 수 있다. 하지만 초조한 마음에 강매를 시도한다면 고객도 잃고 실적도 떨어지며 스트레스까지 받는 악순환을 겪게 될 것이다.

마치 사냥하듯 일회성으로 고객을 대하지 말고 농사를 짓듯 꾸준히 공들이라는 말을 하고 싶다. 관계와 영업은 농사와 같이 추수 때까지 '기다림의 시간'이 필요하기 때문이다. 그렇다고 매달 판매 성과를 내야 하는 영업인이 마냥 넋 놓고 기다릴 수만은 없을 것이다. 그래서 고객과 적절한 시간을 가지면서도 지속적으로 성과를 낼 수 있는 방법을 하나 공유하려 한다.

과수원에서 사과 농사를 짓는 방법을 생각해보자. 무르익음 정도에 따라 A~D등급으로 나누고 A라고 표시한 사과는 특별 관리를 집중하여 1주 내로 수확하고, 덜 익은 B등급 사과는 2주 정도 기다린 후 따고, 설익은 C등급 사과는 1달 정도 지속적으로 관리를 한 후 따며, 상처가 나서 상품성이 없는 D등급 사과는 잼이나 주스 재료로 사용한다.

만약 덜 익은 B~D등급의 사과까지 A등급에 맞춰 획일적으로 1주 내에 딴다면 A등급을 제외한 나머지 과일들은 모두 설익어서 버려야 할 것이다. 농부는 과일의 익은 정도에 따라 등급을 나누고 등급에 따라 수확하기도 하고 기다리며 최대의 수확을 이룬다.

영업도 마찬가지다. 지금 만나고 있는 모든 고객이 1주일 내로 계약을 할 수 있는 상황도 아닐뿐더러 만약 1주일 내로 계약을 할 A등급 고객만 있다면 이번 달 실적은 좋을지 몰라도 다음 달부터는 실적 유지가 힘들 것이다. 때문에 단계별 로테이션 고객 관리법이 필요하다.

고객과의 '유대 등급'에 따라 '상, 중, 하'로 나눈다. 그리고 고객이 구매를 할 수 있는 '경제력'이나 '구매의 필요성'에 따라 상, 중, 하 등급으로 나눈다. 이 두 가지를 조합하면 상상, 상중, 상하, 중상, 중중, 중하, 하상, 하중, 하하 총 9등급으로 분류될 것이다. 각자의 등급에 따라 시간이 필요한 고객은 지속적으로 '자세히 보고, 오래 보며' 서로 유대를 형성해야 한다. 자주 방문하여 얘기도 하고 식사도 하다 보면 분명 판매를 할 수 있는 타이밍이 생기게 될 것이다.

그런데 정말 '자세히 보고, 오래 본다고 고객의 마음을 얻을 수 있을까?'의문을 가질 수도 있을 것이다. 단순노출효과mere exposure effect라는 심리학 용어가 있다. 단어 그대로 자주 접할수록 좋은 감정이 생긴다는 심리 법칙을 말한다. 사람들은 낯선 사람이나 사물에 대해 경계심을 갖는 자기 방어 본능이 있다. 하지만 자주 접하고 익숙해지면 왠지 모를 친근감이 생겨 마음의 빗장을 푼다는 논리다.

대표적인 사례로 에펠탑이 있다. 프랑스 파리를 생각하면 누구나 에펠탑을 떠올릴 만큼 에펠탑은 세계적인 명물로 자리 잡았다. 하지만 사실 에펠탑이 처음부터 환영 받았던 것은 아니다. 에펠탑 건설 초기에는 파리 시민들에게 혐오 시설로 간주되었다. 낭만의 도시 파리 한복판에 들어선 흉측한 철골 구조물은 파리 시민들에게 눈엣가시 같은 존재였다. 강한 반대로 철거될 뻔했던 에펠탑이 세월이 흘러 자연스럽게 파리 시민들의 일상 속으로 스며들고 정이 들어버린 것이다. 지금은 프랑스인뿐만 아니라 전 세계인의 사랑을 받고 있다.

고객도 마찬가지다. 영업인이 아무리 신뢰를 주기 위해 노력한다 해도 처음에는 경계하게 된다. 하지만 서두르지 말고 꾸준히 자주 보는 것이 답이다. 자주 만나고 익숙해지다 보면 호감이 생기고 에펠탑처럼 고객의 머릿속에 '○○구매' 하면 당신이 대표 영업인으로 떠오를 것이다.

둘째는 고객과 공통점(유사점)을 지속적으로 찾아내 어필하라는 것이다. 사람들은 자신과 가치관, 행동 방식, 습관, 취미, 이념, 학벌, 고향, 정치 성향, 성씨와 본관, 성격, 혈액형, 스타일 등의 공통점이 있다면 더욱 큰 호감을 느낀다고 한다.

자신의 경험을 떠올려 보자. 본인과 비슷한 친구들과 함께 대화할 때면 공감 가는 화제가 많아서 밤새 수다를 떨기도 했을 것이다. 그리고 좋아하는 활동(축구, 맛집 탐방, 스터디, 클럽 가기 등)을 함께할 기회가 많았기에 성향이 다른 친구들보다 훨씬 더 쉽게 친해졌을 것이다.

또 다른 경험을 떠올려 보자. 우리가 일상 속에서 처음 만난 사람들과 자연스럽게 제일 먼저 하는 대화의 90% 이상이 서로의 공통점을 찾아 유대를 형성하는 말들이라는 것을 알게 되면 놀랄 것이다.

우찬: 반갑습니다. ○○사 영업과장 김우찬입니다.

준수: 전 □□사 구매과장 김준수입니다. 저는 광주 김씨인데, 혹시 어느 김씨인가요?

우찬: 우와, 정말요? 저도 광주 김씨 영사파 23대손입니다.

준수: 대부분이 김해 김씨 또는 안동 김씨이지 않습니까? 우리 광주 김씨는 정말 만나기 힘든데, 우찬 씨와 좋은 인연이 될 것 같은 예감이 드네요!

우찬: 그러게요! 저는 부산에서 나고 자랐습니다. 혹시 출신 지역이 어떻게 되시는지요?

준수: 고향도 가깝네요. 저는 부산 바로 옆에 김해 출신입니다.

우찬: 오, 그래요? 예전에 큰 거래처가 김해 내외동에 있어서 매주 2번씩 가곤 했습니다.

준수: 아, 정말요? 내외동이 제 학창시절 주놀이터였습니다. 목촌 돼지국밥집 아세요?

우찬: 물론이죠. 거기 단골이었어요. 거래처 분과 자주 가곤 했죠! 돼지국밥 좋아하세요?

준수: 당연하죠. 경상도 남자 하면 돼지국밥에 소주 한잔이지 않겠습니까?

우찬: 역시 우리 광주 김씨 당숙님과 통하는 게 많네요. 돼지국
　　　밥에 소주 일병 어때요?
준수: 좋지요. 안암동에 돼지국밥 잘하는 집이 있습니다.
우찬: 안암동이면 저희 모교 근처입니다. 혹시 가시려는 곳이
　　　고대 돼지국밥 아닌가요?
준수: 네, 맞아요. 정말 신기하네요. 저희 부친과 와이프도 고려
　　　대 출신입니다.
우찬: 정말 인연이 깊군요. 동문회 때도 뵐 수 있겠습니다. 앞으
　　　로 잘 부탁드리겠습니다.
준수: 물론입니다. 저희 부서에서 힘써 보겠습니다. 저희도 잘
　　　부탁드립니다.

　위의 대화를 보면 처음에는 이름과 성씨로, 그 다음에는 출신 지역
으로 공감대를 형성했다. 그리고 자연스럽게 고향의 어느 지역에서
보낸 추억을 공유했고 그 지역의 한 음식점 이야기를 하다가 돼지국
밥을 좋아하는 취향의 공통점을 찾아냈다.
　그 후 자연스럽게 돼지국밥으로 술자리를 만들었고 출신 학교로 또
다른 연결고리를 만들었다. 어느 정도 유대가 형성되었을 때 술을 마
시며 서로 거래를 잘 부탁한다는 말을 하게 된다. 일상 속의 대인관계
나 영업에 있어서 서로의 '유사성'을 찾고 공유하는 것이 얼마나 중요
한지 새삼 느껴졌을 것이다.
　위와 같은 사회 현상을 유사성 효과similarity effect라고 한다. 심리학
적으로 분석해보자면 자신과 비슷한 타인을 통해 그동안 자신이 살아

온 방식을 정당화하려는 인간의 '자기합리화 욕구', 자신과 다른 타인을 배척하는 반면 자신과 유사한 사람들과 함께하려는 '사회 존속의 욕구' 그리고 나아가 자기 자신을 사랑하는 '나르시시즘'과도 연관된다고 한다.

유사성 효과를 입증하는 실험 사례가 있다. 심리학자 팀 엠스월러는 피실험자들에게 각각 정장과 히피 복장을 입고 돈을 빌리게 하는 실험을 했다. 실험 결과 비슷한 옷을 입고 있는 사람에게 접근한 경우 70% 이상의 사람들이 돈을 빌려줬지만 자신과 다른 복장을 한 사람들은 60% 이상 거절했다고 한다. '사람들은 자신과 비슷해 보이는 사람의 부탁을 더 잘 들어준다'는 결론이 도출된 것이다. 유사성 효과는 영업에서도 큰 빛을 발휘한다.

H 제약사의 지인이 겪은 사례이다. 성격이 괴팍한 거래처 원장에게 큰 실수를 하여 욕을 듣고 쫓겨났다고 한다. 하지만 간호사들에게 원장과 자신이 동문이라는 정보를 입수하고는 그 원장에게 "고 선배님 ○○고 45기 동문 후배 ○○입니다. 저번에 실수 사죄드립니다"라는 말로 시작하는 진심을 담은 편지를 전달했다고 한다. 그 일을 계기로 서로 친분을 쌓게 되었고 마침내 그에게 가장 큰 거래처가 되었다. 동문이라는 '유사성'을 영업에 잘 활용한 케이스인 것이다.

영업은 이처럼 기다림이 필요하다. 오래 보고, 자세히 보며, 유사점을 찾아 공감대를 형성해야 한다. 그렇게 유대를 쌓다가 때가 무르익게 되면 반드시 계약에 성공할 것이다.

고객을 특별한 존재로 만들어라

내가 그의 이름을 불러 주기 전에는
그는 다만 하나의 몸짓에 지나지 않았다.
내가 그 이름을 불러 주었을 때
그는 나에게로 와서 꽃이 되었다.

내가 그의 이름을 불러 준 것처럼
나의 이 빛깔과 향기에 알맞은
누가 나의 이름을 불러다오.
그에게로 가서 나도 그의 꽃이 되고 싶다.

우리들은 모두 무엇이 되고 싶다.
너는 나에게 나는 너에게
잊혀지지 않는 하나의 눈짓이 되고 싶다.
-김춘수, <꽃>-

개인적으로 좋아하는 김춘수 시인의 〈꽃〉이
라는 시이다. 시인의 뜻을 모두 헤아릴 순 없다. 하지만 내가 상대의
이름을 불러주었을 때, 즉 상대에게 특별한 마음으로 다가갔을 때 상
대도 나에게 뜻깊은 존재로 다가왔다는 뜻이 아닐까? 그리고 우리 모
두는 누군가에게 특별한 존재이고 싶다는 진리가 담겨 있는 것 같다.
모든 관계가 그러하듯이 고객과 영업인과의 관계도 〈꽃〉이라는 시처
럼 시작되는 것이 아닐까.

고객들은 일상에서 수많은 영업인들을 접하고 있다. 가령 하루에 3~4통씩 걸려오는 보험 가입 권유 전화, 쇼핑을 하면서 접하게 되는 수십 명의 판매 사원들, 그리고 병원의 경우 하루에 15~20명의 제약사 직원들이 방문한다고 한다. 이토록 많은 경쟁 영업인들 사이에서 고객에게 강한 임팩트를 주지 못한다면 선택받기 힘들 것이다. 그렇다면 고객을 내 사람으로 만들기 위해서는 어떻게 말하고 행동해야 할까?

필자는 경제력이나 거래의 크기와 상관없이 모든 고객을 다 VIP로 대한다. 고객 한 사람 한 사람이 특별한 존재로 느껴지게끔 말이다. 가령 필자가 신입사원이었을 때 계약하게 되는 고객들에게 케이크 선물과 함께 아래와 같은 편지를 써서 주었다.

> 감사합니다. 홍길동님은 제 영업 인생의 '첫 번째 고객'이십니다. 저와 저희 회사를 믿고 거래를 열어주셔서 진심으로 감사드립니다. 고객님의 성원이 제게 큰 힘이 되었습니다. 뜻 깊은 인연인 만큼 제 평생의 은인으로 여기며 결초보은하겠습니다. 필요하신 일 있으시면 언제든 연락주시고, 앞으로도 잘 부탁드립니다. 감사합니다.

어쩌면 고객은 별 생각 없이 구매했을 수도 있다. 하지만 영업인이 고객을 평생 기억에 남을 만큼 특별한 인연이라며 의미를 부여해주었다. 요즘 같이 삭막한 세상에 누군가 나와의 인연을 이토록 소중히 여겨주는 것이 얼마나 고마운 일인가. 사소한 일과 인연을 소중히 여기는 영업인의 성품을 고객은 높게 평가할 것이다.

아마 그 고객은 영업인을 돕기 위해 지인을 소개해준다든가, 회사 내에서 여론을 형성하여 영업인에게 거래를 열어주기 위해 힘써 줄 수도 있다.

물론 주의사항도 있다. 첫째는 진심으로 우러나는 감사 표현이어야 한다. 진정성이 결여된 감사 표현은 가식적으로 느껴질 수도 있다. 둘째로는 고객에 따라 이러한 감사 표현을 부담스러워 할 수 있기에 성향을 봐가며 해야 한다. 셋째로는 전문 기술이 필요한 영업이나 고객이 영업인의 노련함을 중시하는 경우라면 "제 인생에 첫 고객입니다"라는 식의 신입 티를 내는 접근은 적합하지 않다. 여러 가지 상황과 고객의 성향을 봐가며 표현하기 바란다.

필자가 강연할 때 "제 영업 인생에 첫 번째 고객님이 되어 주셔서 감사합니다"라는 멘트를 쓰고 싶은데 신입이 아니면 어떻게 하냐는 질문을 의외로 많이 받았다. 꼭 영업 인생에 첫 번째 고객일 필요까지는 없다. 하나의 예시일 뿐이지 얼마든지 응용이 가능하다.

고객과 계약한 시기가 가령 연초라면 "고객님은 저의 새해를 열어주신 첫 고객님이십니다", 월초라면 "축하드립니다. 이번 달 저의 첫 고객님이십니다. 감사의 선물 하나 준비했습니다", 시기와 상관없이 쓰고 싶다면 "고객님은 제게 100번째로 계약을 하신 행운의 주인공이십니다", 생일이라면 "고객님 오늘은 제 생일입니다. 고객님과 인연이 된 것은 최고의 생일 선물입니다", 성탄절이라면 "예수가 탄생하신 특별한 날에 제 인연이 되신 고객님은 제게 크리스마스 선물보다 소중합니다"등과 같이 얼마든지 상황과 고객의 성향에 맞게 상대를 특별한 존재로 만들 수 있다. 말뿐만이 아닌 편지와 작은 선물이 함께라면 효과를 더욱 극대화할 수 있을 것이다. 무엇보다 정말로 상대를 특별하고 소중히 생각하는 진심이 통하는 것이 중요하다.

이번 장을 요약하며 마무리하려 한다. 설령 단돈 만 원 구매 고객일지라도 또는 경비도 안 나올 만큼 작은 거래처일지라도, 당신의 고객이라면 만나는 매 순간 상대를 당신 인생의 최고의 VIP로 대하자. 고객과의 관계도 거래의 크기도 당신에게 대우받는 특별함에 비례하여 성장할 것이다.

고객의 비합리성을 공략하라

이성이 인간을 만들어낸다고 하면 감정은 인간을 이끌어 간다.
-장 자크 루소-

전통적인 주류 경제학의 이론들은 '소비자는 이성적이며 합리적인 경제활동을 영위하는 경제 주체'라는 전제하에 시작되곤 했다. 하지만 최근의 '행동 경제학'에서는 고객은 이성보다 감정적인 요인에 더 많은 영향을 받는다는 이론들이 나오고 있다.

물론 꼼꼼히 계획하고 철저히 따져본 후 구매하는 고객도 있다. 하지만 생각보다 많은 고객이 감정적인 이유로 구매를 하곤 한다는 것이다. '왠지 싸게 느껴져서', '구매하면 손해 보지 않을 것 같아서' 또는 '좋아 보여서' 등의 이유로 지갑을 열곤 한다. 하지만 고객이 느끼는 위와 같은 만족들은 조삼모사와 같은 영업 테크닉에 의한 경우도 많다.

고객의 이성이 아닌 '감정과 느낌'에 집중하여 거절률을 낮추고 '사고 싶은 느낌이 들게' 하는 3가지 방법에 대해 얘기하겠다.

첫째는 고객이 느끼는 '비용 부담감'을 줄여주는 것이다. 고객의 구매 거절 또는 구매 결정 지연 사유는 다양하다. 가령 상품이 마음에 들지 않는 경우, 구매 계획 시기보다 이른 경우, 타사 상품과 좀 더 비교가 필요한 경우, 구매 필요성이 없는 경우, 영업인이 마음에 들지 않는 경우, 비용이 부담되는 경우 등 다양한 이유가 있을 수 있다. 하지만 10명 중 6명 이상이 비용 문제로 구매를 망설이는 경우가 많다고 한다.

'무엇인가를 구매할 때 마지막까지 타협할 수 없는 것이 무엇인가?'라는 설문 조사의 질문에 '비용'이라는 항목을 선택한 소비자가 65%로 가장 많았던 것을 보면 '비용'이 영업에 있어 얼마나 중요한지 알 수 있다. 그렇다면 우선 고객이 느끼는 '비용 부담감'을 어떻게 줄일 수 있을까? 상품 구매로 고객이 얻게 되는 이득(편의, 문제해결, 유지비용 절감 등의 효용)이 고객이 지불하는 가격보다 크다고 느끼면 상대적으로 고객이 느끼는 비용 부담감은 줄어든다.

이득-가격 > 0 (비용 부담감이 적어짐 → 구매할 확률이 높음)
이득-가격 < 0 (비용 부담감이 커짐 → 구매할 확률이 낮음)

즉, '이득'은 크게 느껴지게 반면에 '가격'은 저렴하게 느껴지도록 설명해 주면 고객이 느끼는 '비용 부담감'을 줄일 수 있다.

이득을 크게 느끼게 하기 위해서는 고객이 상품 구매로 얻게 되는 이득을 뭉쳐서 말해주면 된다. 가령 "고객님, 이렇게 꾸준히 적금하시면 3.2% 복리이자가 눈덩이처럼 쌓여서 10년 후 1억이 됩니다."1년 후면 1천만 원도 안 되는 이자를 10년으로 합쳐서 말함으로 고객이 느끼는 이득의 크기를 극대화한 것이다.

"우리 ○○축구 연습장은 회원들에게 추가 연습시간을 합쳐 업계 최장 시간인 1년에 100시간의 잔디 구장 사용 시간을 보장해드립니다."처럼 주 1회 2시간이면 사실 1달에 8시간 밖에 되지 않지만 이것을 12달로 합쳐서 계산하면 96시간이 돼버린다. 거기에 딱 4시간의 서비스 시간을 넣어줌으로써 '100시간'이 되어 고객은 매우 큰 혜택을 보는 것처럼 느끼게 된다.

반면 고객에게 부담이 되는 것들은 다음과 같이 분할하여 설명한다.

"아버님, 담배 피우시죠? 하루 담배 한 갑이면 4천 원이잖아요? 하루에 단돈 4천 원이면 최고급 음향 오디오의 주인이 되실 수 있습니다. 올해부터 담배 값도 인상되고 건강에도 안 좋은데 3년간 금연해보시는 건 어떠신가요?"

하루 4천 원씩이라 말하면 마치 담배를 구매할 만큼 저렴한 돈으로 오디오를 구매할 수 있는 것 같이 느껴질 수 있지만 3년이 쌓이면 무려 432만 원이나 된다(4,000원×30일×12달×3년 = 432만 원). 이러한 영업 방식은 이미 시장에서 자리 잡은 자동차 할부 판매의 원리이다.

"○○기관에서 특허를 받은 보기만 해도 암기가 되는 영단어 암기 학습기입니다. 아침, 점심, 저녁 딱 1시간씩만 들으시면 한 학년 만에 VOCA 1만 영단어를 암기하실 수 있습니다. 1학년 때 모든 단어를 다 외워버리시고 2, 3학년 때는 다른 과목 학습에 집중하십시오."

사실 하루 3번이면 하루 3시간이고, 한 학년 동안이면 365일 즉, 1095시간이다. 사실 어학기 도움 없이 그냥 1시간에 10단어씩만 1년간 꾸준히 암기해도 1년 후면 1만 단어를 정복할 수 있다는 사실을 알게 된 고객은 아마 이 어학 학습기를 구매하지 않을 것이다.

두 번째 방법은 고객의 '손실 회피 성향'을 자극하는 것이다. 행동경제학자 아모스 트버스키에 따르면 대부분의 사람들은 본능적으로 이득을 얻는 것보다 손실을 피하려는 경향이 크다고 한다. 가령 주식투자를 통해 1,000만 원의 수익을 얻었을 때의 행복감보다 1,000만 원의 손실이 생겼을 때 상실감이 더 크다는 것이다.

이러한 인간의 손실회피 편향적인loss aversion 본성은 쉽게 말해 당근과 채찍 중에 '채찍'이 동기부여에 더 효과적이라는 뜻이다. 영업에 적용해보자면 이 상품을 구매해서 어떠한 이득을 얻는다는 방식으로 말하는 것도 좋지만 그보다 구매하지 않았을 때 잃게 되는 손실을 말하는 것이 더 효과적이라는 뜻이다.

고객의 손실회피 편향적인 심리를 영업에 잘 활용한 사례를 살펴보자. 서브 프라임 모기지로 인해 미국의 경제가 휘청했던 적이 있다. 하루에도 수천 명씩 실업자들이 발생했고 자동차 업계의 매출은 40%이상 급감했다. 차를 할부로 구매한 후 실직할 수도 있는 손실 가능성 때문에 소비심리는 얼음이 되어버렸다. 이때 현대차에서 '할부로 차를 구매할 경우 1년 내에 실직을 하게 되면 환불을 보장한다'는 파격적인 영업 정책을 내걸었다. 이 영업방식으로 인해 경제 침체 상황 속에서도 70% 이상의 매출 성장을 이끌어 냈다고 한다.

그렇다면 이번에는 보험 영업에 이러한 손실 회피 심리를 응용해보자. '○○실버 연금 저축보험에 가입하시면 편안한 노후 생활을 보내실 수 있습니다'라는 식으로 영업하는 것보다 '○○실버 연금 저축 보험에 가입하지 않으시면 노후는 고통스럽고 불안할 것입니다'라는 식으로 영업하는 것이다. 물론 이런 발언은 상대의 기분에 따라 불쾌감을 야기할 수도 있으니 상황과 사람에 따라 적절히 강도를 조절해가며 말해야 할 것이다.

종합 검진 병원의 영업에도 응용할 수 있겠다. 가령 '갑상선 암은 조기 검진과 관리로 예방할 수 있습니다'라는 말로 환자를 설득하면 큰 효과가 없을 것이다. 반면 '정기적인 검진과 관리를 하지 않은 사람의 갑상선 암 발병률이 50%나 높습니다'라는 식으로 말하는 것이 고객에게 더 큰 동기부여가 된다는 것이다.

셋째는 판매에 유리한 틀(프레임)을 미리 만들어 놓고 그 틀 속으로 고객을 유인하는 것이다. 이는 프레임 효과framing effect가 뒷받침한다. 프레임 효과는 표현 방식에 따라 동일한 사건이나 상황임에도 개인의 판단이나 선택이 달라질 수도 있는 현상을 뜻한다. 여기서 프레임은 인식의 틀을 뜻하고 이 틀은 고객의 의사 결정에 영향을 미치게 된다.

대표적인 사례가 '컵에 물이 반밖에 안 남았다'와 '컵에 물이 반이나 남았다'는 인식의 틀 차이이다. 같은 사실을 표현한 문장이지만 어떤 프레임을 가지고 말했는가에 따라 전해지는 의미와 느낌은 전혀 다르다.

가령 포화지방은 과다 섭취할 경우 콜레스테롤 수치를 높여 뇌혈

관 질환과 지방간을 야기하기에 식품 소비자들이 꺼려하는 물질이다. '포화지방이 20% 함유된 햄'이라고 말하면 구매할 고객이 없을 것이다. 하지만 80% 포화지방을 빼버린 담백한 햄'이라 말하면 구매 확률이 높아질 것이다. 투자 상품을 판매할 경우 '손실 가능성이 20% 미만으로 설계된 안전한 펀드'보다 '수익 확률 80% 이상인 펀드'가 더 많은 투자 고객을 유치할 수 있는 것이다.

'고객의 비합리성을 활용해 구매 심리를 자극하는 3가지 방법'에 대해 요약하며 마무리하겠다.

첫째, 이득은 합치고 손실은 나누어 말하라.
둘째, 고객의 손실 회피 성향을 자극하라.
셋째, 영업인이 만든 틀 속으로 고객을 유인하라.

Chapter

2

VIP
상류층 고객을
잡아라

BUSINESS
KNOWHOW

knowhow 01 :

20 대 80의 법칙

대체로 새로운 사상을 주장하는 사람, 아니 어떤 새로운 주장을 할 수 있는 사람은 극히 소수에 지나지 않습니다. 이상하리만큼 극소수지요. 한 가지 분명한 것은 이 모든 부류와 그 밑의 세부 부류에 속하는 인간이 탄생할 비율은 어떤 자연법칙에 의해 정확하게 결정되어 있다는 사실입니다.

-도스토옙스키, 《죄와 벌》中-

경제 신문을 자주 읽는 분들이라면 파레토의 법칙을 한두 번씩 들어봤을 것이다. 이탈리아 경제학자 파레토가 이 법칙을 발견한 유래는 이러하다.

어느 날 들판에 누워 있던 파레토가 부산히 움직이는 개미들을 보던 중 재밌는 현상을 목격하게 된다. 언뜻 보기엔 모두 부지런히 일하는 듯 보이는 개미들을 자세히 보니 열심히 일하는 개미들보다 일을 하지 않는 개미들이 더 많았고 그 비율이 20 대 80 정도였다고 한다. 그 개미들 중에 일을 열심히 하는 20%의 개미들만 따로 분류하여 관찰했는데, 재밌게도 처음에는 20%의 개미들 모두 열심히 일했지만 얼마 후 그 20%의 개미들 중에서 게으름을 피우는 개미들이 관찰되기 시작했고 마침내 또다시 20 대 80의 비율로 일을 하는 개미와 노는 개미로 나뉘어 졌다고 한다. 이 비율은 게으른 80%의 개미 군에서도 마찬가지였다고 한다. 처음에는 모두 놀기만 하더니 그중 20%는 열심히 일을 하게 되더라는 것이다. 파레토는 이 비율이 자연의 법칙이 아닐까 하는 호기심에 동일한 실험을 꿀벌들에게 해보았고 꿀벌 역시 20 대 80 비율의 규칙을 보였다고 한다.

이러한 자연 법칙은 인간과 사회에도 적용되고 있다는 다분야의 연구결과가 있다. 즉, 사회 구성원의 상위 20% 소수가 80%의 부를 차지하고 있고 나머지 80%의 다수가 20%의 적은 부를 나누어 가진다고 한다. 회사나 기관 등의 조직에서도 구성원 중 20%의 성실한 직원이 80% 업무를 하고 있으며 나머지 80%의 구성원들이 태업 또는 능력 부족 등의 이유로 수행되는 전체 업무의 20% 정도밖에 기여하지 못한다고 한다.

이 법칙은 소비시장에도 적용된다. 백화점이나 마트 등에서 20%의 인기 상품이 매출의 80% 비중을 차지한다고 한다. 상품뿐만 아니라 상품을 구매하는 소비자에게도 적용되어 상위 20%의 경제력을 가진 소비자가 소비활동의 80% 주체라는 것이다. 때문에 80%의 대다수 평범한 소비자를 대상으로 영업하는 것보다 20%의 상류층 고객에게 집중적으로 영업하면 좀 더 효율적으로 매출을 올릴 수 있다는 것이다.

쉽게 설명해보겠다. 가령 80명의 소비자에게 1,000원짜리 소보로 빵을 팔면 8만 원의 매출을 올릴 수 있다. 반면 20명의 구매력이 높은 소비자에게 3만 원짜리 유기농 우유로 만든 치즈 케이크를 판매하면 60만 원의 매출을 올릴 수 있다. 80명의 고객을 상대하기 위해 드는 시간과 노동력보다 20명의 소수 고객에게 소요된 시간이나 노동력이 더 적음에도 7배 이상의 매출을 기대할 수 있다는 것이다. 물론 고객들을 경제력에 따라 구분하고 차별하여 영업하라는 뜻이 결코 아니다. 투자하는 노동 강도와 시간 대비 창출되는 영업 매출을 증진하기 위해서는 반드시 고객 범주를 상위 20% 고객으로 확대해 나가야 한다는 것이다.

실제로 이미 많은 기업들이 소수의 상류층 고객을 상대로 VVIP 마케팅을 시행하고 있다. 가령 프라이빗 뱅킹, 백화점의 명품관, 유명 디자이너가 제작한 한정판 옷 그리고 프로 골퍼와 라운딩 기회를 제공하는 골프장 등 다양한 사례들이 있다.

이처럼 상류층 고객을 잡기 위해 기존 상품이나 서비스에 또 다른 상품이나 서비스를 융합함으로써 희소성이나 편리성을 극대화한 부가가치를 창출하는 것이다. 이를 '고급화 전략'이라고 한다. 경영학적인 관점에서 마케팅 가격 정책은 크게 '저가 정책'과 '고가 정책' 두 가지로 나누어진다. 저가 정책은 소위 말하는 박리다매薄利多賣(싸게 많이 팔아 수익을 남기는) 전략이고, 고가 정책은 위의 사례와 같이 서비스나 품질을 고급화하여 비싼 돈을 받는 것이다.

고가 정책의 속성을 가장 잘 설명해주는 이론이 바로 '베블런 효과veblen effect'이다. 이는 가격이 오름에도 불구하고 수요가 감소하기는커녕 오히려 증가하는 기현상을 뜻하는 경제 용어이다. 이러한 현상의 본질은 상류층 소비자들이 아무나 구매하지 못하는 고가의 상품을 구매함으로써 그들의 허영심과 과시욕을 충족시킨다는 데 있다. 그들의 이런 속물적인 욕구와 니즈를 잘 충족하는 영업을 한다면 상류층 고객을 확보, 유지할 수 있을 것이다. 이들 상위 20%의 고객을 사로잡기 위한 구체적인 영업 방법들을 다음 장에서 얘기해보도록 하겠다.

knowhow 02 :

한정 판매로 희소성을 어필하라

이익을 남길 수 있는 유일한 방법은 희귀한 무엇인가로 장사를 하는 것이다.
어떤 것이 성공을 거두었을 때 물불 가리지 않고 그것을 모방하려는 움직임은
점차로 거세어지며 빨라지고 있다.
-세스 고딘, 《이제는 작은 것이 큰 것이다》中-

상류층 고객의 구미를 당기는 첫 번째 방법
은 한정 판매로 판매 개수를 제한하고, 그 상품에 한해서만 특별한 혜
택을 주는 것이다. 일단 자신이 세일즈하고 있는 상품들 중 고가이거
나 인기가 많은 상품에 자신의 권한 내에서 고객에게 줄 수 있는 최대
한의 혜택을 추가한다. 그리하여 경쟁 상품 대비 경쟁 우위를 확보하
는 것이다. 가령 상품의 보장기간, 프리미엄 혜택, 옵션 추가, 고급 포
장, 할인, 상품권 제공, 제휴 이용권 등의 추가적인 혜택을 한정된 고
객에게만 주는 것이다.

이러한 선착순 판매와 한정 수량 판매는 의도적으로 수요 대비 공
급량을 적게 조절하여 희소성을 높임으로 소비자를 갈증 나게 만드는

'헝거 마케팅'이라고도 한다.

이 마케팅 방법의 핵심은 '아무나 살 수 없는 프리미엄 상품'이라는 느낌을 주는 것이다. 가령 "올해 2월 18일부터 4월 19일까지 벤츠E클래스를 구매하는 15분의 고객에 한하여, 300만 원에 해당하는 최고급 3M 썬팅을 해드리며 명문 골프 클럽 VIP회원권을 드립니다."라는 식으로 고객에게 희소성과 특별함을 강조하는 것이다.

물론 몇 명의 고객들이 혜택을 받았는지 모르기에 선착순 이후의 고객에게도 혜택을 주어 고객을 추가 확보해도 무방하다. 대외적으로는 한정판 상품이라 홍보하여 고객들을 최대한 유인한다. 그리고 개별적으로 최적의 만족을 줄 혜택을 조율해줌으로써 모두를 만족시키는 것이다.

"사장님, E클래스는 아무나 탈 수 있는 차 아니잖아요? 이번 행사 혜택 또한 아무나 받을 수 있는 것이 아닙니다. 이처럼 한정적인 행사다 보니 어제까지 이미 13분께서 500만 원 상당의 혜택을 받으시며 계약하셨고, 이제 2대밖에 남지 않았습니다. 경제력이 안 되면 가질 수 없고, 행운이 따라주지 않으면 가질 수 없는 혜택, 이 차의 주인은 바로 사장님이십니다." 또는 "고객님, 정말 죄송합니다. 안타깝지만 파격적인 혜택이다 보니 벌써 이번 한정판 행사는 마감되었습니다. 하지만 고객님과 소중한 인연이 되고 싶습니다. 고객님께서 꼭 저 차를 원하신다면 제 권한을 넘는 것이지만, 기안을 써서라도 동일한 혜택을 받으실 수 있도록 최선을 다해보겠습니다."

두 번째 멘트는 사실 영업인의 권한으로도 가능한 것임에도 본사에 보고해야 한다는 등 까다로운 상황임을 연출한 것이다. 혜택 제공을 엄격하게 제한한 한정 판매임을 강조하기 위함이다. 또한 고객을 위해 어려움을 감수하는 모습을 보여주기 위함도 있다. 이런 느낌으로 한정판 영업을 시도해보자.

knowhow 03 :

이너 서클을 집중 공략하라

부자 옆에 줄을 서라! 산삼 밭에 가야 산삼을 캘 수 있다.
-이건희 -

두 번째 방법은 거래처의 이너 서클inner circle
과 유대를 형성하는 것이다 '이너 서클'이란 조직 내에서 권력과 결정
권을 거머쥐고 있는 핵심 세력을 뜻한다. 법인 영업의 가장 어려운 점
이 바로 아래 직원의 벽에 막혀 이러한 이너 서클 근처에도 가지 못하
게 되는 것이다. 물론 거래처 직원의 검토를 거쳐 중간 관리자와 유대
를 쌓으며 정보를 파악하고 궁극에는 이너 서클을 접할 기회를 얻어
내는 것이 통상적인 절차이다.

하지만 상당수의 영업인들은 이 과정에서 너무 많은 시간과 예산
을 소진하거나 심지어 아예 키를 쥐고 있는 이너 서클을 파악조차 못
하는 경우도 많다. 때문에 우리는 끊임없이 조직 내 이너 서클 멤버에

대한 정보를 수집해야 한다. 또한 이너 서클이 활동할 만한 장소나 단체에 접근하여 기회를 잡아야 할 것이다. 고액 고객들을 많이 관리하고 있는 베테랑 영업인들이 골프를 치는 가장 큰 이유가 이러한 이너 서클을 발굴하기 위해서일 것이다.

제약 영업의 경우도 비슷하다. 가령 어느 병원에 1과부터 3과까지 3명의 원장이 있다고 가정해보자. 물론 3명의 원장이 동업하는 병원이라 권한이 동등한 경우도 있다. 하지만 실제로는 1과 원장만 약제권(다양한 제약사들 중 처방할 약들을 정할 수 있는 권한)이 있고 나머지 원장의 경우 페이 닥터(피고용된 의사)인 경우가 많다. 물론 이너 서클 곁에서 입김이나 영향을 끼칠 수 있는 주변인과도 좋은 관계를 가져야 하지만 사실 약제권을 가지고 있는 1과 원장에게 95% 이상 집중 영업을 하는 것이 효과적이다.

또 다른 경우에는 병원 운영을 담당하고 있는 사무장이 약제권을 가진 경우도 있고, 심지어 사무장(병원 행정을 맡고 있는 사람)이 병원의 투자자이자 이사장이고 원장은 페이 닥터인 경우도 종종 있다. 이런 경우는 원장보다 사무장이 더 큰 이해관계자인 것이다.

이처럼 고객과 거래처 상황은 정말 다양하고 많은 변수가 있다. 이너 서클에 대한 정보 없이 무작정 들이대는 방식의 영업은 득보다는 실이 많을 것이다. 거래처의 구매 결정자 즉 파레토의 법칙 중 20%에 해당되는 실권자를 내 사람으로 만들 수 있는 사람만이 원하는 바를 얻을 수 있음을 명심하자.

knowhow 04 ⋮

상류층과 눈높이를 맞춰라

돈 많은 사람을 부러워 말라. 그가 사는 법을 배우도록 하라.
- 구인회-

상류층 고객의 신뢰를 얻기 위해서는 그들이 기대하는 수준의 눈높이에 맞춰줄 수 있어야 한다. 이들은 소비 수준과 교육 수준이 높으며 에티켓과 존대 받는 것에 대해 민감한 경우가 많다. 평소 회식 때 삼겹살에 소주 한잔이면 만사 오케이였지만 이들을 만날 때는 좀 더 세심한 준비와 배려가 필요하다.

첫째로 상황에 따른 상석에 대한 배려가 필요하다. 대부분 출입구에서 먼 곳(반대 쪽)이 상석이고, 조경이 보이는 곳이라면 창밖 풍경이 보이는 곳이 좋다. 응접실에서는 소파나 장의자가 개별 의자보다 상석이다. 또한 테이블에서 의자 개수가 많은 측면보다 적은 측면이 상석이다. 보통 사람들은 격식을 따지지 않고 편한 것을 선호할 수도 있다. 하지만 이들은 매번 상석에 안내 받던 것이 습관이 되어 있어 당연하다고 생각한다. 그런데 상대가 먼저 상석을 차지해 버리면 무시 당했다는 느낌을 받게 될 것이다.

둘째로 함께 식사를 한다면 테이블 에티켓은 기본이다. 요즘은 코스가 바뀔 때마다 커트러리도 함께 바꿔주기도 하지만, 아직 풀 테이블 세팅이 되어 있는 곳도 많다. 샐러드용, 생선요리용, 육류용 나이프와 포크들도 적절하게 사용하는 것은 기본이다. 그리고 요리에 잘 어울리는 와인을 선택하는 것도 중요한 센스이다. 또한 와인의 생산 국가와 포도의 품종 및 생산 연도, 셰프의 경력이나 메인 요리 등에 대해 숙지하고 식사 중 가볍게 안내해주면 식사 자리를 세심히 준비했다는 인상을 줄 수 있다.

셋째는 상류층 고객들이 관심 가질 만한 분야로 공감대를 형성한 후 영업하는 것이다. 아이스 브레이킹ice breaking(첫 만남에서 어색함을 깨기 위해 본격적인 대화를 하기 전 소프트한 주제의 대화를 나누는 것) 단계에서는 골프, 스키, 승마 등의 스포츠나 해외여행 등에 관련된 가볍고 유쾌한 이야기를 하는 것이 좋다. 어느 정도 분위기가 무르익으면 고객의 관심사에 따라 경제나 투자 또는 자녀 교육과 관련된 이슈 등에 대해 담소를 나눈다. 그러다가 고객이 당신의 이야기를 들을 마음의 준비가 되었을 때 본론을 꺼낸다. 다만 바쁜 사람들이 많기 때문에 대화를 나누기 전에 비서에게 스케줄과 할애된 시간을 먼저 확인 한 후 양해를 구하고 본론부터 간결하게 말하는 것이 배려가 될 수도 있다.

넷째는 고객을 존중하되 당당한 모습을 보여주자. 그들은 어딜 가나 VIP 우대 받는 것이 몸에 배어 있다. 때문에 보통 사람들이 불편함을 느끼지 않는 부분에서도 존중 받지 못하면 쉽게 불편함을 느끼곤 한다. 때문에 세심한 준비와 배려가 필요하다. 하지만 자신의 권리와 주장을 모두 내려놓거나 지나치게 저자세로 응대하면 당신을 비전문가적이고 비굴하다 생각하여 파트너 자격에서 배제할 수도 있다. 언행은 겸손하고 절제하되 본론을 말할 때는 당당하고 전문가적인 모습을 보여주는 것이 오히려 그들의 신뢰를 얻는 길이다.

　다섯째는 고객의 시간을 철저하게 아껴주는 것이다. 부자들은 시간 관념이 철저하다. 실제로 그들의 1시간은 몇 십, 몇 백 만 원의 가치에 달하기 때문에 그들의 시간이 단 1분도 헛되이 쓰였다는 생각이 들지 않도록 많은 준비가 필요하다. 사전에 비서를 통해 주의사항이나 일정 등을 숙지하고 예정 시간보다 일찍 프로세스를 마무리해주는 것이 좋다. 설명하는 중에도 지금 말하고 있는 내용이 도움이 되고 있는지 반응을 수시로 확인하여 필요 없는 부분은 과감히 생략하자. 그리고 "소중한 시간 내주셔서 감사드린다"는 식의 인사로 반드시 할애해준 시간에 대해 감사를 표하자.
　여섯째는 그를 보좌하는 주변인들에게 좋은 이미지를 주는 것이다. 대부분의 큰 거래는 첫 브리핑 후 바로 결정되지 않고, 몇 번의 미팅과 검토를 거친 후 결정된다. 때문에 고객의 주변인들이 당신에 대해 어떻게 보고하고 중간 역할을 하는가도 중요한 변수가 될 수 있다. 가능하다면 그들과도 따로 식사자리를 갖고 친분을 쌓는 과정이 필요하다.
　여기서 끝이 아니다. 미팅이 끝난 후 고객의 취향이나 가족 등을 고려하여 미리 준비한 선물을 준다면 뜻밖의 감동을 줄 수 있다. 하루 정도 후 편지나 이메일 등을 통해 감사와 안부를 전한다. 대부분 상류층 고객은 많은 사람들을 만나기에 당신을 쉽게 잊을 수 있다. 때문에 이런 '팔로우 업' 과정도 마무리 단계에 필수적이다. 이때는 추가적인 자료나 필요한 것이 없는지 묻고 긍정적인 검토를 부탁한다는 메시지를 전달하면 된다.

이번 장에서는 상류층 고객을 대하는 법에 대해 함께 이야기했다. 이처럼 상류층 고객의 기대 수준과 눈높이를 맞추는 것은 결코 쉽지 않다. 하지만 철저한 사전준비와 사후관리를 한다면 좋은 결과를 기대할 수 있을 것이다.

knowhow 05 :

베블런 효과를 활용하라

상층 계급의 두드러진 소비는 사회적 지위를 과시하기 위해 자각 없이 행해진다.
-베블런-

　　　　　　희소한 것, 고가의 것을 소유하고 과시하려
는 인간의 욕구를 자극하자. 다이아몬드 1캐럿의 크기는 6.5mm에 불
과하다 하지만 그 가격은 약 300~800만 원에 달한다. 이렇게 작은 다
이아몬드가 세계 경제의 기축통화인 금보다 비싼 이유는 바로 희소성
있는 것을 소유, 과시하려는 인간의 욕망 때문이다. 지구에서 40광년
떨어진 곳에 다이아몬드로 뒤덮여 있는 지구 지름의 2배에 달하는 행
성이 있다고 한다. 만약 인류가 그 행성에 살았더라면 아마 다이아몬
드는 물보다 저렴할 것이다.

　우리가 흔히 알고 있듯이 시장에서 가격은 '수요공급 법칙'에 의해
정해진다. 이 법칙에 의하면, 수요가 공급을 초과할 때 상품의 가격이

오르고, 공급이 수요를 초과하면 상품의 가치는 떨어진다. 역으로 가격을 올리면 구매하려는 사람이 적기에 수요가 떨어지고, 가격을 내리면 구매 의사가 커지기에 수요가 증가한다. 하지만 이러한 수요공급 법칙은 대부분의 소비재(일상생활에 직접 소비하는 재화)에 적용되는 반면 귀금속, 고급 세단, 명품 가방 등과 같은 사치재에는 적용되지 않는 경우가 많다.

주로 이런 사치재를 구매하는 상류층 고객들은 가격이 떨어지면 오히려 누구나 손쉽게 구매할 수 있는 것이라 구매를 꺼려하고, 반대로 가격이 오르면 과시욕과 허영심을 만족시킬 수 있기에 오히려 더 구매하려 한다.

상류층 고객들에게 '할인 상품이다' 또는 '가장 저렴한 상품이다'라는 식의 영업 멘트는 전혀 와 닿지 않을 것이다. 그들의 욕망을 자극하려면 오히려 이런 식으로 말해야 한다.

"고객님, 저희 매장뿐만 아니라 동종 타 브랜드 상품들 중 가장 비싼 신상입니다" 또는 "유아인과 김수현과 같은 톱스타에게만 협찬되고 한정판으로 생산되는 골프 웨어입니다" 또는 "저희 같은 중산층은 중고품조차 구매하기 부담되는 상품이지만, 고객님께는 매우 잘 어울리는 명품입니다."와 같은 설명이 필요하다.

"고객님, 올해 한정된 VIP회원권이 3개밖에 남지 않았습니다. 오늘 오전에 4분의 고객이 문의하러 오셨다가 너무 고가여서 돌아가셨습니다. 이 회원권 가입 조건은 아무에게나 오픈하지 않지만 고객님은 합당한 분이시기에 자세한 테이블 표 및 정책을 오픈해드립니다."

아무나 살 수 없는 상품 그리고 아무나 받을 수 없는 혜택을 자신에게만 주겠다는 말은 상류층 고객의 욕구를 가장 자극하는 말일 것이다.

인간의 비합리성의 끝판왕 '베블런 효과'와 상류층의 심리를 잘 파악하여 영업에 응용하면 많은 상류층 고객의 마음을 사로잡을 수 있을 것이다.

knowhow 06 :

사후관리의 범위를 확대하라

진정한 영업은 '고객 구매 후'에 시작된다.
-질 그리핀-

사후관리는 상품을 구매한 고객에게 제공
하는 서비스를 뜻한다. 영어로는 'After-sales service'라고 하며 우리
들이 흔히 말하는 A/S가 바로 이것이다.

50만 원 이상 고가의 상품을 구매한 소비자들을 대상으로 한 설문
조사에 따르면 구매하기 전에 영업인의 친절보다 구매 이후의 친절이
'구매 만족도'에 더 큰 영향을 끼친다고 한다. 그리고 '재구매 결정'에
가장 크게 영향을 미치는 요인이 구매 후 '사후관리 만족도'였다고 한
다. 또한 50만 원 미만의 저관여 상품보다 50만 원 이상의 고관여 상
품에서 사후관리가 더 중요하다는 결론이 나왔다고 한다.

소비자행동론에서 '관여도'란 소비자가 인식하는 제품의 '중요성'

이다. 고관여 상품은 대부분 고가의 상품에 해당하고 구매 결정이 잘 못되었을 경우 타격이 크다. 때문에 구매 과정이 복잡하고 구매 결정 시간이 많이 소요된다. 무엇보다도 고객들은 저관여 상품을 구매할 때보다 구매 후 사후관리에 더 많은 것들을 기대하게 된다.

쉽게 설명하자면, 지하철이나 길거리 노점에서 5,000원짜리 전자시계를 살 때 사후관리를 기대하고 사는 사람은 아마 거의 없을 것이다. 하지만 롤렉스 시계를 구매할 땐 당연히 보증기간과 사후관리 등의 완벽한 서비스를 기대할 것이다. 왜냐면 사후관리는 소비자가 지불한 고가의 가격 속에 이미 포함된 혜택이자 당연한 권리라고 생각하기 때문이다.

이처럼 상류층 고객들이 고가의 상품을 선호하는 이유가 '베블런 효과'와 '과시' 등의 이유도 있지만 품질이나 사후관리에 대한 보장 때문인 경우도 많다. 때문에 상류층 고객을 충성고객으로 만들고 싶다면 보편적인 사후관리 정도로 안주하면 안 된다. A/S 기간 동안 무상 수리나 보상 등 상품과 관련된 사후관리는 기본이다.

이제는 상품의 범위를 넘어 고객의 인생에 깊게 관심을 가져보자.

우선 고객과 그 가족의 생일, 결혼기념일, 자녀의 결혼, 부친상, 명절 등 영업인이 챙길 수 있는 고객의 경조사들이 많다. 자신의 생일에 편지와 선물을 보내주는 영업인, 결혼기념일에 축하 메시지를 보내주는 영업인, 결혼식에 화환을 보내주는 영업인은 고객 인생의 희로애락을 함께해온 오랜 벗과 같은 친근감을 준다. 그리고 계약이나 판매가 끝난 후에도 세심히 신경써주는 영업인에게 남다른 책임감과 신뢰를 느끼게 될 것이다.

　계약 고객들의 경조사는 달력에 적어두고 반드시 선물이나 편지, SNS 메시지나 방문을 통해 고객 사후관리에 힘쓰자. 그들은 거래 확장 또는 지인 소개로 보답해줄 것이다. 여러분이 고객에게 해줄 수 있는 사후관리에는 어떤 것들이 있을지 끊임없이 고민해보자. 상품이나 서비스 관리, 고객의 문제 해결, 고객 경조사 관리 등 당신의 상품을 구매한 고객을 위한 가능한 모든 서비스가 다 사후관리에 포함될 것이다. 사후관리에 힘쓰자. 영업인으로서 당신의 좋은 평판은 전염병처럼 고객들 사이에 퍼질 것이다.

최상의 부가가치를 창출하라

혁신에 성공하는 사람은 우뇌와 좌뇌 양쪽 모두를 사용한다.
숫자를 보는 동시에 사람을 본다. 기회를 잡으려면 무엇이 필요한지를 분석하고
밖에 나가 고객과 이용자를 보고 그들의 기대, 가치, 니즈를 지각해야 한다.
-피터 드러커-

　　　　　부가가치란, 기업이 생산과 유통 그리고 영업 프로세스를 거쳐 새로이 증가된 가치를 뜻한다. 도요타식으로 정의하자면 '고객이 돈을 지불할 만한 무엇'인 것이다. 고객이 구매하는 상품은 원재료가 생산, 가공, 유통의 과정을 거쳐 마지막 단계인 판매(영업)를 통해 고객에게 전달된다. 이런 일련의 과정들을 거칠 때마다 부가가치가 조금씩 쌓이게 되며 이 과정들 중에서도 판매(영업)의 과정에서 가장 큰 부가가치가 창출된다고 볼 수 있다.

　가령 커피 열매를 사향고양이에게 먹인 후 변으로 배출시킨 원두로 만든 루왁 커피는 기존 원두보다 5배 이상의 부가가치를 창출해낸다. 또는 찬물로 천천히 추출하여 10시간가량의 시간을 들여 만든 더치커

피 또한 일반 커피보다 2~3배 정도의 가치를 가진다. 하지만 그것이 아무리 비싼 사향 원두로 만든 커피일지라도 종이컵에 담긴 후 비위생적이고 불친절한 상황 속에 고객에게 판매된다면, 고객에게 전달되는 가치는 200원짜리 자판기 커피의 가치 그 이하가 될 것이다.

하지만 이 커피를 전문 바리스타가 정성스럽게 만들어 로얄알버트 커피 잔에 담는다. 그리고 고급 테이블보가 깔린 테이블 위에 잔을 친절하게 올려주며 클래식 음악을 틀어 좋은 분위기 속에 커피를 음미할 수 있게 해준다. 고객이 이 커피를 통해 얻게 되는 만족과 효용은 일반 커피보다 높아질 것이다. 고객에 대한 우리들의 영업이 종이컵에 담은 자판기 커피가 아니었는지 돌아보자.

그렇다면 우리가 파는 상품과 서비스 그리고 고객을 대하는 언행과 접대 방식 등 영업 현장에서 부가가치를 창출할 수 있는 몇 가지 방법을 살펴보자.

첫째, 고객과 판매인의 원가 차이를 활용하는 것이다. 가령 당신이 고깃집을 운영하는데 단골로 만들고 싶은 고객들이 있다고 가정해보자. 단순히 1만 원 가격 할인을 해준다면 그 가치는 딱 1만 원에 멈출 것이다. 하지만 원가가 천 원짜리인 소주 10병을 서비스로 준다면 고객이 느끼는 서비스의 크기는 1만 원보다 훨씬 커질 것이다. 왜냐면 식당에서 소주 1병이 4천 원에 팔리고 있었다면 고객이 느끼는 맥주 10병 서비스의 가치는 4만 원이기 때문이다. 영업하는 사람의 입장에서는 1만 원 현금 할인이나 소주 10병 서비스나 똑같은 1만 원의 비용이 든다. 하지만 고객에게 전달될 때 판매자와 소비자의 원가 차이를 통해 3만 원의 부가가치가 창출되는 것이다.

이런 원리를 응용해보자. 당신의 VIP 회원에게 10만 원 상당의 호텔 뷔페 상품권을 준다고 가정해보자. 당신의 입장에서는 여러 명의 고객에게 선물하기 위해 공동구매를 했기에 3만 원 정도 할인된 가격에 구입했을 것이다. 이러한 원가 차이를 만들어내는 과정을 통해 3만 원의 부가가치가 창출되는 것이다. 영업 현장에서 7만 원을 투자해 10만 원치 고객만족을 주고 그를 통해 더 큰 거래를 성사시킬 수 있는 것이다.

둘째, 상품이나 서비스에 콘텐츠와 스토리를 녹여 넣는 것이다. 가령 당신이 상해 보험을 주력으로 파는 보험 영업인이라면 '가족의 행복을 지켜주는 보험'이라는 콘텐츠를 가지고 파는 것이다. 큰 교통사고와 병원비로 파탄날 뻔했던 어느 가정이 ○○보험 덕분에 희망을 되찾았다는 스토리와 함께 상품 설명을 해준다면 고객의 마음에 좀 더 와 닿는 영업이 될 것이다.

가령 거래처에 수제 쿠키를 선물하려 한다. 만약 그냥 쿠키만 전달한다면 그것은 그냥 슈퍼에 파는 5,000원짜리 쿠키에 불과할 것이다. 때문에 고마운 마음은 고객의 기억에서 쉽게 지워지기 마련이다. 반면 당신이 정성 들여 만든 쿠키라는 에피소드와 고객에게 감사하는 마음을 담은 편지를 써서 그 편지와 함께 포장한 수제 쿠키를 선물한다면 고객의 기억 속에 오랫동안 간직될 것이다.

셋째, 영업인 스스로의 가치를 높임으로써 판매 상품의 가치도 높이는 것이다. 부동산 분양 영업, 제약 영업, 재무설계 영업, 설비 영업 등 전문 지식이 중요한 영업들이 많다. 고객의 입장에서는 자신의 자본과 인생을 맡기는 것이기에 영업인의 자질을 검토하지 않을 수 없다. 수많은 영업인들 중 당신을 선택할 수밖에 없는 자신만의 가치와 스펙을 쌓는 것이다.

종사하는 분야와 관련된 자격증을 따고, 관련 분야 인맥을 쌓고, 관련 분야 학회나 단체 등에서 다양한 경력을 쌓는 것이다. 또한 관련 분야 책을 쓰거나 TV에 출연하는 등 미디어를 활용한다면 영업인으로서 당신의 몸값은 프리미엄이 붙게 된다. 자신이 속한 분야에 최고 전문가가 됨으로써 스스로의 가치를 높이자. 당신이 파는 상품의 가치도 함께 높아질 것이다.

이렇게 창출된 부가가치로 고객이 최상의 가치를 누렸다고 느끼게 만들 수 있다면 많은 상류층 고객을 충성고객으로 확보할 수 있을 것이다.

3

코드
고객 유형별
코드 영업

BUSINESS
KNOWHOW

코드 영업이란

타인의 행동, 외모, 습관, 사고방식, 가치관, 운동, 말투나 몸짓 등에서
유사성이 인지되면 마음을 살 수 있는 확률이 올라간다. 이것이 유사성 효과다.
-추현호 외 3인, 《4인 4색 자기경영이야기》中-

'코드code'라는 단어를 한 번쯤은 들어봤을 것이다. 코드의 사전적 의미는 어떤 사회나 계급, 직업 따위에서의 규약이나 관례를 뜻한다. 정치에서 '코드 인사'라는 말이 있는데 정치, 이념, 성향이나 사고 체계가 유사하여 통하는 사람을 관리나 직원으로 임명하는 일을 의미한다. 이제 코드라는 단어의 뉘앙스가 어떤 것인지 느낌이 올 것이다. '코드가 맞다'는 것은 자신과 비슷한 사람 또는 통하는 사람을 의미한다. 영업 현장에서 고객과 영업의 관계 속에도 '코드'가 있다.

코드 영업에 대해 설명하기 위해 영업 현장에 대한 이야기를 잠깐 해보려 한다. 보험 판매나 카드 회원 유치 등의 영업은 한 번 계약한

후에 다시 고객을 만날 일이 비교적 적은 영업이다. 반면 식자재 납품 영업 또는 제약 영업 등은 지속적으로 자사 상품을 납품해야 하는 영업이다. 때문에 거래를 유지하고 성장시키기 위해 지속적으로 거래처를 방문하고 관리해야 한다. 후자에 속하는 영업의 경우 신입사원이 입사하게 되면 선배들이 관리하던 기존 구역을 인수인계해준다.

회사 차원에서는 아메바가 세포분열을 하듯이 기존 구역을 나누어 영업 인력을 추가 투입함으로써 비거래처들을 좀 더 공격적으로 개척하기 위한 목적인 것이다.

하지만 선임 영업인들은 자신의 구역을 잘라 후배에게 준 후 다시 그만큼의 매출을 성장시켜야 하기에 부담스러운 일임은 틀림없다. 때문에 전임자는 주로 실적 성장이 안 되는 골치 아픈 거래처나 비거래처를 위주로 후임에게 인수인계해주는 경우가 많다. 이러한 현실 때문에 신입사원이 입사 후 인수인계 받게 되는 구역은 불모지나 다름없는 곳이라 봐도 무방하다.

그런데 선배 영업인(전임자)이 몇 년 간 공들여도 진척 없던 비거래처를 신입이 들어와서 몇 달 만에 신규 거래처로 만드는 경우가 종종 발생한다. 이런 경우, 이전 전임자는 팀 내에서 난처한 입장이 되는 웃지 못할 상황이 생기기도 한다. 필자가 제약 영업 신입사원 때 필드에 배치되고 2개월 만에 22개의 신규 거래처를 개척했었다. 신입들이 초반에 개척해내는 신규 평균 개수 대비 이례적으로 큰 성과였다. 때문에 본의 아니게 선배들을 난처하게 만드는 상황이 발생했던 에피소드가 있다.

그렇다면 과연 신입이 전임자보다 영업 능력이 확연히 뛰어나서 이런 경우가 발생하는 것일까? 아니면 전임자가 열심히 영업하지 않아서일까? 결론부터 말하면 그렇지 않다. 물론 2가지 상황에 해당하는 경우도 있겠지만, 대부분의 경우 전임 영업인과 고객은 코드가 맞지 않았던 경우가 많을 것이다. 아무리 유능한 영업인일지라도 자신과 상극 성향을 가진 고객의 마음을 얻기는 쉽지 않다. 반면 아무리 새파란 신입사원이라도 고객과 코드가 잘 맞으면 의외로 영업 성사 확률이 높다.

일상 속에 우리가 만나고 있는 대인관계를 생각해보면 쉽게 이해될 것이다. 보기만 해도 기분 좋은 사람, 사상과 대화가 잘 통하는 사람, 느낌이 좋은 사람, 나를 잘 이해해줄 것 같은 사람, 함께 하고 싶은 사람이 있는 반면 반대 경우인 사람도 있다. 이런 걸 두고 '코드가 맞다' 또는 '코드가 맞지 않다'라고 한다. 영업도 결국은 사람과 사람의 만남이기 때문에 이러한 '코드의 법칙'이 적용된다.

영업인이 아무리 수완이 좋고 성실하다 해도 판매가 이루어지지 않는 고객이 있다면 그 고객은 담당 영업인과 코드가 맞지 않는 경우가 많다. 그 고객의 눈에는 영업사원이 자신과는 다른 사람이라 탐탁치가 않은 것이다. 그렇다면 우리 영업인들은 고객들과 코드를 맞추기 위해 노력해야 하지 않겠는가?

하지만 코드를 맞춘다는 것이 말처럼 쉽지는 않다. 고객들의 코드는 모두 각양각색이고, 이러한 고객들의 코드를 알아갈 시간은 제한되어 있다. 때문에 영업인들은 짧은 시간 내에 빠르게 고객의 코드를 캐치하여 카멜레온처럼 변신할 수 있어야 한다.

고객의 성격, 정치적 성향, 사회 경제적 입지, 출신 및 거주 지역, 가족 상황, 성장 환경, 이상형, 생활 패턴 등 고객의 코드를 결정짓는 요인은 정말 많다. 그중 코드를 결정짓는 대표적인 변수들에 대해 함께 알아보자. 그리고 각 코드별 고객의 특징과 맞춤형 영업법에 대해 다음 장에서 함께 얘기해보자.

knowhow 02 :

MBTI 성향별 코드

MBTI(Myers-briggs type indicator 심리유형검사) :
일상생활에서 활용할 수 있도록 고안된 자기보고식 성격유형지표

표출형 고객

1) 키워드
풍부한 표현, 활발함, 열정적임, 외향적, 호기심, 창조적, 화려함, 과시욕, 감정적

2) 특징
감정과 의사표현을 풍부하게 잘한다. 호기심이 많고 모험을 좋아하여 창조적인 경향이 있다. 말을 잘하고 설득력 있으며 대화를 즐긴다. 외향적이며 개방적인 인간관계를 가지고 있다. 매사 열정적이고 진취

적이다. 화려하고 재밌는 분위기를 좋아하고 주변의 주목을 받기를 원하며 다소 과시욕이 있다. 단점은 자기중심적인 태도와 꼼꼼하지 못한 점 등이 있다. 이성적이기보다는 감정적인 경우가 많다.

3) 파악법

행동이나 목소리가 크고 호탕하다. 소위 대장부 같은 면모를 보인다. 말수가 많고 빠르다. 자기 어필을 잘하며 과장법과 미사여구가 많다. 재치와 센스가 넘치며 유머감각이 뛰어나다. 감수성과 표현이 풍부하다. 분노와 즐거움 등 희로애락의 기복이 크고 감정과 표정의 변화도 다양하다.

4) 코드 영업법

즐겁고 화려한 분위기를 좋아하고 자신이 주목 받은 것을 좋아한다. 때문에 고객의 시계, 가방, 차 등 소유물이나 직책, 능력 등을 자주 칭찬해주면 매우 기뻐할 것이다. 말하는 것을 좋아하기에 즐겁게 들어주고 맞장구쳐주면 매우 만족할 것이다. 논리적인 설득보다 감정적인 말에 더 반응하기에 팔려는 상품의 성능이나 기능보다는 상품을 통해 얻을 수 있는 느낌, 만족감, 주변의 부러움 등에 집중하여 설명해주는 것이 효과적이다.

또한 상품의 성능이나 가격보다 영업인과의 유대 또는 기분에 따라 판매의 성사가 결정되는 경우도 종종 있다. 감정의 기복이 크고 싫증을 잘 내는 성향이기 때문에 구매한 상품을 환불하거나 해약하는 경우도 종종 있을 것이다. 때문에 판매 시 반품 규정에 대해 사전에 명시해주는 것이 사후에 발생할 수 있는 문제를 사전에 예방할 수 있을 것이다.

주도형 고객

1) 키워드
리더십, 효과성, 실리 추구, 결과 지향, 목표 중심, 행동 우선, 주도권, 성취, 권력

2) 특징
진취적이고 추진력 있으며 성취욕이 강하다. 자극에 대한 반응속도가 빠르다. 거의 생각과 동시에 행동하는 경향이 있다. 리더십이 강하고 대인 관계에서 주도권을 잡는 경우가 많다. 목표와 결과 지향적이다. 시간과 비용 효율성에 관심이 많다. 단점이 있다면 다소 타인에 대한 배려가 부족하다. 때론 주변의 배려 없이 무리하게 자신의 뜻을 관철시키려 하기 때문에 냉정하고 이기적으로 보일 때도 있다.

3) 파악법
목소리가 크고 자신감 있으며 눈빛이나 언행이 강력하고 카리스마 있다. 자기주장이 강하며 직설적으로 표현한다. 흥분하면 격하고 공격적인 단어를 쓴다. 핵심 파악이 빠르고 분명하고 빠른 의사결정을 한다.

4) 코드 영업법

다른 소비자와의 경쟁심을 자극한다. 가령 높은 지위가 있는 다른 고객도 구매한 상품이라는 점을 어필하면 효과적이다. 구매를 통해 얻게 되는 실질적인 이득이나 효용, 비용 절감 등 효율성에 대해 잘 설명해주면 좋다. 고객이 하는 말과 권위를 존중해줘야만 판매가 성사될 것이다.

우호형 고객

1) 키워드

관계 지향적, 인간적, 협조적, 우유부단한, 친근한 이미지, 배려, 양보, 공생

2) 특징

인간관계를 중시하고 타인에게 협조적이다. 타인의 말에 경청을 잘 해준다. 온화한 성품을 지녔고 상대의 기분과 상황을 잘 배려해주기에 대인관계에서 평판이 좋다. 논쟁을 싫어하고 화합을 좋아한다. 때론 관계를 위해 실리를 포기하는 경우도 많다. 단점은 오지랖이 넓어서 자기 자신은 뒷전인 경우도 종종 있다. 때론 결단력이 늦고 우유부단하여 좋은 기회를 놓치곤 한다.

3) 파악법

말투가 느리거나 행동이 느긋하다. 대화를 하다 보면 큰 욕심이 없어 보이고 편안한 느낌을 준다. 고개를 끄덕이거나 맞장구치며 호응을 잘해준다. 타인과의 공감대 형성과 감정이입을 잘한다. 자신보다 조직과 타인의 입장을 먼저 생각해준다. 자신의 주장이 있어도 상대의 의견을 존중해준다.

4) 코드 영업법

이 유형의 고객들에게는 인간적인 관심을 보이고 상대의 인성과 배려심 등을 칭찬해주면 좋아할 것이다. 영업인의 논리적인 설득력이나 실리를 따지기보다는 자신과 관계가 좋은 영업인에게 구매하는 경우가 많다. 때문에 이 코드의 고객들과는 개인적인 인간관계를 형성하기 위해 노력해야 한다.

주의점이 있다면 고객이 당신의 말을 잘 들어준다고 해서 구매해줄 것이라 확신하면 크게 실망할 수 있다는 점이다. 영업인의 입장에서 실컷 공들였다가 진이 빠지는 경우가 발생할 수 있다는 뜻이다. 때문에 고객과 면담 후 바로 계약할 것이라 낙관적인 보고를 하거나 비싼 접대를 했다가는 본전도 못 찾을 수 있다. 이런 유형의 고객들은 구매 의사가 전혀 없더라도 영업인의 입장을 배려해주기 위해 끝까지 경청해줄 수 있다는 것을 명심해야 한다. 또한 우유부단한 성향도 있기에 결단에 시간이 많이 필요하다. 이때 재촉하기보다는 고객과 깊은 유대를 형성하는 것이 더 유리하다.

또한 이런 우유부단함으로 인해 구매 전후에 주변 사람들의 평가에 영향을 많이 받는다. '이것을 구매하면 주변 지인들에게 호평을 받게 될 것이다'라는 식의 말이 잘 어필될 것이다. 구매 후에도 또한 주변 사람들의 평가에 따라 구매 만족도가 크게 달라지기 때문에 갑작스런 환불 요구에도 대비하는 것이 좋다.

이런 유형의 고객은 상대에 대한 배려심이 강해 직접적인 거절을 잘 못하기 때문에 고객이 "조금 더 고려해보고 연락 줄게요"라고 말했다면 거절의 우회적인 표현이라 봐도 무방하다. 이때 다음을 기약하고 보낼 것이 아니라 한 번 더 상품에 대한 장점과 추가적으로 줄 수 있는 혜택을 설명해주어 고객의 마음을 돌려야 한다.

우호형 고객이 구매 결정을 망설이고 있다면 동정심에 호소해도 괜찮다. 가령 "실적 압박이 너무 심해서 1년째 진급이 누락되고 있네요" 또는 "아직 학자금 대출을 갚지 못했습니다. 열심히 영업해서 대출도 갚고, 부모님께 효도하고 싶습니다" 또는 "이번에 제가 득남했습니다. 열심히 영업해서 남부럽지 않게 키우고 싶습니다" 등 동정심이나 정에 호소하면 여력이 되는 선에서 도와주는 경우가 의외로 많다. 단 너무 비굴하거나 부담스럽게 접근해서는 안 된다. 대화 중에 자연스럽게 슬쩍 말하는 것이 좋다.

분석형 고객

1) 키워드
분석적인, 차분한, 꼼꼼한, 내향적인, 구체적인, 연구 지향, 생각이 깊은, 집중력

2) 특징
분석력과 인내심이 강하다. 정보 데이터 수집 및 분석을 좋아한다. 꼼꼼하고 일처리가 분명하며 논리적이다. 감정표현이나 말수가 적다. 한 마디로 내향적이다. 여기서 내향적이라는 것은 내성적이거나 소심한 것과는 조금 다르다. 외면의 세계보다 내면의 세계에 좀 더 충실한 경향이 있다는 것이다. 결과보다는 과정을 중시한다. 성실하고 세심하며 상품의 품질과 구매로 인한 효용을 중시한다. 원칙을 중시하지만 때론 이것이 지나쳐 융통성이 부족하다. 때문에 환경변화에 비교적 적응하지 못할 때도 있다. 인간관계의 폭은 비교적 좁고 담백하며 사무적인 경우가 많다.

3) 파악법
말의 톤이 일정하고 차분하다. 표정 변화도 적다. 소위 말하는 포커페이스를 잘하는 유형의 사람이다. 필요한 말만 정리하여 간결하게 말하기에 말수가 적다. 당신과 대화 중 중요한 대목을 필기하고 꼼꼼히 따져 본다면 분석형의 사람일 확률이 높다. 표현이 추상적이지 않고 명확하고 현실적이며 간결하다.

4) 코드 영업법

이런 유형의 고객에게는 감정적인 접근은 오히려 역효과를 일으킨다. 감정을 배제하고 객관적인 자료와 통계를 바탕으로 상품의 우수성이나 구매를 통해 얻을 수 있는 효용을 논리적으로 설명해줘야만 긍정적인 검토를 할 것이다. 경쟁사 대비 우수하다는 증거 자료(뉴스와 신문 보도자료, 특허권, 공공기관 표창, 시장점유율 1위, 임상결과, 권위자의 호평 등)를 명확하게 입증해줘야 한다. 막연하게 '우리 회사 상품이 최고로 좋습니다' 또는 '저 한 번만 믿고 구매해 주십시오'라는 식의 영업은 지양해야 한다.

우호형과 표출형의 고객과 다르게 유대 형성이나 감성에 호소해서 판매하기 어렵다. 이 유형의 고객은 아무리 친한 지인이 영업을 해도 비이성적인 구매는 절대 하지 않는다. 관계 영업을 하러 다가간다면 오히려 부담감을 느끼고 방어벽을 칠 확률이 높다는 것을 명심해야 한다. 이런 유형의 지인에게 영업하려거든 공과 사를 명확히 구분한 후 적당한 거리를 두고 다가가는 것이 판매 확률을 더 높일 수 있다.

이 유형의 고객은 표정변화나 호응이 적기 때문에 고객의 속내를 파악하기 힘들다. 혼자 상품에 대해 떠들기보다는 고객의 의견이나 생각을 수시로 묻는 피드백 과정으로 고객의 속내를 파악하는 데 힘써야 좋은 결과를 기대할 수 있다. 고객이 말을 멈추거나 표정이 굳으면 당신의 말에 동의하지 못한다는 뜻이다. 이때 상대의 의문점을 명확하게 해소해주어야 한다. 그래야 고객은 마음을 열고 구매를 고려해볼 것이다.

분석형 고객은 당신의 설명을 듣고 그 자리에서 바로 결정하지 않는 경우가 대부분이므로 처음 만나서 바로 구매를 강요하면 반감을 가지게 된다. 대부분 지인들을 통해 사실 여부를 확인하고 인터넷을 통해 충분히 비교 검토를 한 후 재미팅을 통해 구매하는 경우가 많다. 그러니 서두르지 말고 인내심과 철저한 관리를 통해 점진적으로 다가가야 할 필요성이 있는 고객 유형임을 명심해야 한다.

사회경제적 코드

소비는 거시경제학의 수동적인 골격이다.
-민스키-

상류층 고객

1) 키워드
베블런 효과, 과시욕, 고급화, 교양, 한정판, VIP, 특별대우, 명품, 자산 관리, 절세, 상속, 프리미엄, 희소성, 투자, 골프

2) 특징
자신의 부, 명예, 성공을 소비생활로 표출하고 싶어 하는 잠재 욕구가 있다. 때문에 아무나 살 수 없는 희소성 있는 것을 소유하려 한다. 그래서 고가의 한정판 상품을 선호한다. 가격에는 크게 신경 쓰지 않

지만, 브랜드, 원산지, 장인의 명성, 생산량, 품질, 사후관리, 고급화 정도, 투자 가치 등에 큰 관심을 가진다. 자신의 부를 자녀에게 대물림할 수 있는 절세나 상속 방법에 관심이 많다. 취미로는 골프나 수상 스키, 해외여행 등을 선호하는 고객이 많다.

3) 파악법

구매 의사결정을 할 때 여러 가지 상품의 가격이나 조건을 비교해 보지 않고 최상의 것을 찾는 경향이 있다. 의식주에 검소한 사람도 있지만 대부분 옷뿐만 아니라 신발부터 안경까지 고급 브랜드를 착용하고 고급 세단을 타고 다니는 경우가 많다. 대부분 교육수준이 높기 때문에 언행이 교양 있거나 교양 있어 보이려 한다. 겸손한 사람도 있지만 특별한 대우를 받는 것이 습관화되어 있기에 자신이 상대보다 우위에 있다고 생각하는 경우가 많다. 시간을 소중히 생각하기에 기다리는 것을 매우 싫어한다. 수행비서, 대리인, 매니저 등을 통해 사전 조율과 검토를 마친 후 만나는 경우도 있다.

4) 코드 영업법

가격 할인은 이 유형의 고객들에게 큰 메리트가 없다. 가격보다는 팔려는 상품의 희소성과 특별성에 대해 어필해야 한다. 고객을 대할 때 일반 고객들과 같은 대우를 하면 언짢아하는 경우도 종종 있을 것이다. '고객들 중 당신이 최우선 VIP다'라는 느낌이 들게 행동해야 할 것이다.

강조 포인트는 상품의 구매를 통해 고객의 사회적 지위나 재력이 사회적으로 표출될 수 있음을 명시하는 것이다. 명품 브랜드 회사에서 유수의 장인이 고급 재료를 사용하여 한정판으로 생산했음을 어필한다. 경우에 따라 인기 연예인이나 유명 스포츠 선수가 구매한 상품이라는 점을 어필하면 고객의 구미를 당길 수도 있다. 단, 완전 희소한 것을 선호하는 고객의 경우는 슈퍼스타가 사용하여 어느 정도 대중화된 상품은 선호하지 않을 수도 있다.

고객과 골프 또는 식사를 주기적으로 함께하여 지속적인 관계를 유지하는 것이 좋다. 해당 고객이 속한 서클이나 모임에 초대 받을 수 있다면 지속적으로 참석하여 인적 네트워크를 쌓아야 한다. 이러한 인프라를 활용하여 영업할 때 무슨 서클에 속한 누구와 인연임을, 어떤 모임의 누구도 자신의 고객임을 어필하면 신뢰를 줄 수 있다.

한마디로 VIP 고객만을 전담하는 베테랑 영업인이라는 이미지를 심어주는 것이 좋다. 왜냐하면 VIP 특화 영업인은 일반 영업인과 다르게 전문지식이 깊고 고객 관리에 특출할 것이라 믿기 때문이다. 판매하는 상품과 직접적인 연관이 없어도 경제, 금리, 환율, 절세, 해외여행, 골프, 와인 등과 같이 고객이 관심을 가질 만한 것들에 대해 지식과 정보가 해박하면 VIP 고객들과 공감대를 형성하기 수월하다.

중산층 고객

1) 키워드

노후 대비, 직장 생활, 합리적인 가격, 품질 중시, 자녀 교육, 신분상승 욕구, 적금과 연금, 재테크, 안정적인 의식주

2) 특징

소비생활이 합리적이다. 특별히 싸거나 비싼 것을 선호하기보다는 가격 대비 품질이 좋은 합리적인 소비생활을 선호한다. 고액 연봉자, 전문 직종 또는 중소 규모의 장사를 하는 경우가 많다. 상류층처럼 큰 재산을 상속 받거나 부동산 수익을 얻기보다는 노동을 통해 수익을 창출하는 사람들이 대다수이다. 때문에 은퇴 후 안정적인 노후생활에 대한 관심이 많다. 중산층의 경제력 유지 또는 신분상승 욕구가 있기 때문에 자녀 교육에 매우 관심이 크다.

3) 파악법

가격과 품질, 성능, 보증기간 등의 여러 구매 조건에 대해 꼼꼼히 비교해보는 사람이라면 중산층에 속한 고객일 경우가 많다. 할인이나 행사기간에 저렴한 소비를 즐기는 고객도 많다. 방송매체에 노출된 대중적인 상품을 선호하는 경향이 있다. 상류층의 소비생활을 동경하는 사람들도 있다. 하지만 제한된 경제력으로 인해 고급 제품을 중고로 사거나 무리하여 구매하는 경우도 있다. 자녀 교육 또는 노후 대비를 위한 소비에는 비교적 관대하다.

4) 코드 영업법

구매하려는 상품이 가성비가 좋고 합리적인 구매임을 확신시켜줘야 한다. 과시욕이 강해 사치재(고급 외제차, 명품 가방 등)를 구매 고려 중인 고객이라면 상류층으로 보이고 싶은 잠재욕구를 자극시킨다. 또한 실질적으로 구매를 할 수 있는 방안(무이자 할부, 리스, 렌탈, 회원제 사용, 가격 할인 등)을 명확하게 설명해야 판매에 성공할 수 있을 것이다.

서민층 고객

1) 키워드
저가 상품 선호, 질보다 양 선호, 할인, 가격에 민감, 박리다매, 절약

2) 특징
여가 활동, 여행, 교육, 문화생활 등의 소비보다는 생필품이나 소비재 위주의 소비비중이 높다. 소득이 높지 않기 때문에 소비생활도 크지 않다. 경기가 좋지 않을 때 가장 먼저 지갑을 닫게 되는 소비자들의 비중이 높다. 가격에 민감하여 여러 가게나 영업인 그리고 인터넷 마켓 등을 비교한다. 브랜드 상품을 선호하거나 과시용 소비보다는 생계형 소비를 하는 경우가 많다.

3) 파악법
할인 쿠폰들을 꼼꼼히 모으거나 할인 행사 기간 등을 체크하여 소

비하는 고객이 많다. 가격을 깎거나 추가적인 혜택을 요구하는 경우도 종종 있을 것이다. 대량으로 구매하기보다는 필요할 때마다 구매하는 경우가 많다.

4) 코드 영업법

고가 상품 대비 저가 상품의 품질도 부족하지 않다는 것을 확인받고 싶어 한다. 고객의 니즈를 정확히 긁어주기 위해서는 유명 상품의 저렴이 버전 상품을 권해주는 것도 좋은 대안이 될 수 있다. "브랜드의 차이일 뿐 품질은 비슷하다"는 말에 구매를 확신하게 될 것이다.

또한 지금 팔고 있는 상품이 타사 대비 저렴하다는 점 또는 행사 기간이라서 평소 대비 저렴하다는 점을 어필하면 좋다. 절약정신이 몸에 배어 있기에 필요하지 않은 상품은 잘 구매하지 않는 경향이 있다. 무작정 싸다고 구매를 권유하기보다는 고객의 니즈를 정확히 확인한 후 저렴한 상품을 영업해야 판매에 성공할 수 있다.

4

신뢰
믿음을 주면
영업은 저절로 된다

BUSINESS
KNOWHOW

기존 고객과의 인연을 광고하라

평판이라는 것은 눈에 보이지 않는 날개를 갖고 있어서 미처 생각지도 못한 곳까지 날아갈 수 있다. 겉만 번지르르하고 알맹이가 없다는 말을 듣기보다는 신용을 중시하는 사람이라는 평판을 듣도록 노력하라.
-발타자르 그라시안-

평판과 과거력 관리를 잘하면 고객의 신뢰를 수월하게 얻을 수 있다. 쉬운 이해를 위해 연애에 적용해서 생각해보자. 연애를 하다 보면 연인의 과거에 관심이 가지 않을 수 없다. 왜냐하면 상대의 과거를 통해 상대의 현재와 미래를 예측할 수 있기 때문이다.

상대가 과거의 연인에게 몹쓸 짓을 했거나 바람을 피웠다는 사실을 알게 되면 자신도 전철을 밟게 될 수도 있다는 생각에 상대와의 관계를 다시 생각해보게 된다. 반면 상대가 과거의 연인과 오랜 기간 동안 아름다운 사랑을 했다는 사실을 알게 되면 조금 질투는 날 수 있지만 나에게도 진실한 사랑을 줄 것이라는 믿음을 갖게 된다.

고객과 영업인의 관계도 마찬가지다. 과거에 고객들의 클레임이 많았던 영업인, 권한 밖의 책임지지 못할 약속을 했던 영업인, 실적에만 눈이 멀어 불완전판매를 일삼은 영업인, 사후관리를 해주지 않는 등의 무책임한 영업인이라면 고객은 그의 말을 신뢰하지 않을 것이다. 소수의 미꾸라지가 우물물을 흐리듯 일부 문제의 영업인으로 인해 전체 영업인들에 대한 불신 풍조가 팽배하다. 때문에 대다수의 고객들은 처음 만난 영업인을 믿지 못한다. 이런 문제를 해결하기 위해서 우리 영업인들은 스스로 업계에서 좋은 평판과 고객과의 모범적인 과거력을 만들어 이를 신규 고객에게 입증해 보여야 할 것이다. 고객과 단시간에 신뢰를 형성할 수 있었던 몇 가지 방법들을 소개해보겠다.

첫째, 기존 고객들과의 인연을 광고하는 것이다. 고객들에게 받은 감사 편지, 고객이나 고객의 가족들과 함께 찍은 사진을 신규 고객에게 보여주는 것이다. 이런 방법으로 기존 고객들과 얼마나 좋은 관계를 형성했는지 증명함으로써 고객에게 신뢰를 줄 수 있다.

일단 이 방법을 적용하기 위해서는 기존 고객들이 만족을 넘어 감동을 받을 수 있도록 성실하게 섬기는 단계가 선행되어야 한다. 기존 고객 중 내 사람이 되었다는 확신이 드는 사람이 있다면 추천서나 편지를 써달라고 부탁한다. 기존 고객들에게 진심을 다했다면 기꺼이 도와줄 것이다. 고객들이 써 준 감사 편지 한 장은 번지르르한 백 마디 말보다 훨씬 더 큰 믿음을 줄 수 있는 증거 자료가 된다.

필자는 상품을 정리해 둔 파일 외에 기존 고객들과의 좋은 관계를 유지해왔음을 입증할 수 있는 자료(고객과 함께 찍은 사진, 고객들의 편지, 고객 관리 우수상, 사보에 실린 필자 관련 소식, 필자의 이력, 출신 학교와 지역을 입증하는 자료, 관련 자격증이나 이력을 증명하는 서류 등)를 포트 폴리오로 만들어서 고객과의 미팅 때 보여준다. 고객들에게 이 파일을 보여주면 필자를 대하는 태도가 180도 달라진다. 좀 더 필자의 말을 경청하고 상품에 적극적으로 관심을 가지며 궁극에는 판매 성공률도 매우 높아진다.

둘째는 소개를 통한 영업을 하는 것이다. 이 역시 기존 고객들과 좋은 관계를 맺는 것에서부터 시작하는 것이라 많은 노력과 시간이 필요하다. 필자의 경험에 의하면 기존 고객의 소개를 통해 만난 고객은 처음 만난 고객보다 계약 성공률이 3배 이상 높다.

다시 한 번 말하지만, 고객은 처음 만난 영업인을 대부분 믿지 못한다. 이 영업인이 계약 후 사후관리를 잘 해줄지, 얼마 안 가 회사를 그만두지는 않을지, 폭리를 취하지는 않는지 등을 걱정한다. 때문에 이러한 고객의 의심을 해소하기 위해 영업인은 지속적으로 고객을 만나유대를 형성하고 신뢰를 쌓는 데 시간을 들여야 한다.

하지만 기존 고객들의 소개라는 보증서를 들고 신규 고객을 만나면밑바닥부터 신뢰를 쌓기 위해 투자해야 하는 시간과 노력을 절감할수 있다는 장점이 있다. 유대가 깊은 기존 고객들에게 지인 소개나 추천서를 부탁해보자. 기대 이상의 성과를 얻을 수 있을 것이다.

셋째는 좋은 평판을 만드는 것, 즉 입소문이 나서 고객들이 제 발로찾아오게 하는 것이다. 논어에 '近者悅遠者來(근자열원자래)'라는 말이있다. 춘추전국 시대에 초나라 백성들이 전란을 피해 본국을 떠나 도

망가는 경우가 많아 초나라의 인구수가 반으로 줄었다고 한다. 이에 왕은 공자에게 천리장성을 쌓아 백성들이 가두는 것이 어떨지에 대해 물어보자 공자는 "가까이 있는 사람을 기쁘게 하면 멀리 있는 사람도 찾아온다"고 대답했다고 한다.

고객도 마찬가지다 신규 고객만 찾아다니느라 기존 고객 관리에 소홀한 영업인들이 많다. 하지만 기존 고객 관리에 지극정성을 다하면 자연히 좋은 평판이 만들어지고 입소문이 나서 멀리 있는 고객들이 찾아온다.

실제로 신규 고객 한 명을 유치하기 위해서는 영업, 판촉, 홍보, 광고, 인적판매, 마케팅 비용 등이 소요된다. 이러한 신규 고객 유치 비용은 기존 고객을 유지하는 비용보다 5배 이상 많이 소요된다는 연구 결과가 세계적인 주간지 〈더 이코노믹스〉가 발행하는 '세계 대전망'에 소개된 적이 있다. 기존 고객 관리를 잘 못하게 되면 고객 이탈로 생기는 손실과 새로운 고객을 확보해야 하는 비용이 소요되는 반면, 기존 고객 관리를 잘하면 충성고객이 되어 추가 계약과 지인 소개까지 얻을 수 있다는 것이다. 그러니 신규 고객 유치에만 혈안되지 말고 기존 고객에 충실하여 그 관계를 지렛대로 활용하자.

knowhow 02 :

자기 관리는 영업의 생명줄이다

만일 당신이 자신을 조절할 수 없다면 당신은 그 무엇도 경영할 수 없을 것이다.
-린드 B. 존슨-

남자에게 절제와 자기 관리란 인생 그 자체
이다. 성인 남자들이 술, 담배, 매춘 등 유흥으로 한 달간 허비하는 돈
과 시간은 평균 30만 원, 32시간이라고 한다. 그리고 형편에 과분한
자동차, 명품 또는 허례허식으로 낭비하는 돈은 한 달 평균 55만 원이
다. 이 지출을 1년간 저축하면, 85만 원×12개월=1,020만 원, 50년이
면 이자를 제외한 원금만으로도 5억 1천만 원이다.

필자는 그 돈을 꾸준히 저축하고 투자할 것이며, 약 2만 시간이라는
엄청난 시간 동안 운동하고 독서하며, 사업을 확장할 것이다. 또한 허
비되는 시간을 아껴서 매주 책 2권씩만 읽어도 1년에 86권, 50년이면
86권×50년=4,300권이다. 다양한 분야의 동서고금 양서를 몇 천 권

섭렵한 사람과 그렇지 못한 사람이 세상을 바라보는 안목과 능력의 차이는 하늘과 땅 차이일 것이다. 또한 꾸준한 운동을 통한 건강으로 아내에겐 행복을, 자녀에겐 안정된 가정을 선물할 수 있다.

쾌락과 유흥 그리고 낭비는 시간이 지날수록 사람을 초췌하게 만들지만, 절제와 절약 그리고 자기 관리는 세월이 쌓일수록 사람을 빛나게 한다. 자기 관리를 잘하는 사람이 후에 어떻게 빛나게 되는지 10년 후 그리고 20년 후에 당당히 보여줄 수 있는 사람이 되자.

설득력, 친화력, 실천력, 감수성, 임기응변, 처세술, 자기 관리 등 영업에 성공하기 위해 필요한 자질은 많다. 하지만 가장 중요한 한 가지를 뽑으라 하면 단연 '자기 관리'라 생각한다. 비록 위의 자질들이 부족하더라도 철저하게 자기 관리를 하는 사람은 세월이 지남에 따라 나머지 자질들을 모두 갖출 수 있기 때문이다. 이번 장에서는 고객의 신뢰를 얻고 좋은 실적을 내기 위해 꼭 필요한 '5가지 자기 관리'에 대해 이야기한다.

첫째, 영업인은 다양한 분야의 지식과 정보에 관심을 가지고 습득해야 한다. 왜냐하면 다양한 고객들을 만나 공감대를 형성해야 하기 때문이다. 의료 분야 종사자, 교육 분야 종사자, 무역업 종사자, 외식업 종사자, 문화 예술 분야 종사자 등 각계각층의 고객들을 접하게 된다. 그리고 고객의 취미도 스포츠, 음악 감상, 낚시, 독서, 맛집 탐방, 요리, 여행, 댄스 등으로 다양하다. 소득 수준과 소비 성향 그리고 성격 또한 각양각색이다. 이 모든 사람들의 다른 환경과 니즈를 이해하고 공감대를 형성하기 위해서는 다양한 분야에 대한 호기심과 탐구가 필요하다.

가령 레스토랑을 운영하는 고객을 만날 때 최근에 인기 있는 맛집과 음식 메뉴가 소개된 잡지를 선물하거나 맛있게 먹은 음식에 대한 소감을 공유한다면 좀 더 쉽게 공감대를 형성할 수 있다.

의료인 고객과의 미팅이라면 최근 메르스 전염병으로 고생이 많으실 것 같아 걱정된다는 식의 관심 표현으로 아이스 브레이킹을 한 후, 손 소독제나 마스크를 선물로 주는 세심함으로 고객을 감동시킬 수 있을 것이다.

쇼팽, 바하로 대화를 시작하여 파블로 피카소와 레오나르도 다빈치의 이야기로 마무리 지을 수 있을 만큼의 교양이 풍부하다면 예술인 고객은 '통한다'는 느낌을 받을 것이다.

CEO를 상대로 영업을 해야 할 경우라면 최근 세계 경제 이슈와 고객이 속한 사업군의 주요 이슈 등 유익한 자료를 수집 및 출력하여 챙겨드린 후 미팅에 임한다면 고객에게 큰 신뢰를 얻을 수 있을 것이다.

둘째, 컨디션 관리에 만전을 기해야 한다. 중요한 미팅 전날 새벽까지 음주하고 동태눈처럼 충혈된 눈으로 고객을 대한다면 고객은 당신을 전혀 신뢰하지 않을 것이다. 만약 필자가 고객이고 상대 영업인이 이런 눈빛으로 영업한다면 한마디도 듣지 않고 나갈 것이다. 고객과 대화할 땐 생동감 있는 눈빛, 상황에 따른 다양한 표정, 추임새 및 호응 등과 같은 세심한 메타 메시지(비언어적 표현)로 고객과의 말을 경청함과 동시에 공감해주어야 한다.

하지만 음주로 인한 피곤한 컨디션은 디테일한 조절력을 상실하게 만든다. 때문에 필자는 중요한 회식자리가 아닌 이상 웬만해서는 절주하고 피로 회복을 위해 정기적으로 사우나와 운동을 즐기고 있다.

셋째, 이미지 관리에도 철저해야 한다. 아무리 유능한 영업인일지라도 정장에 김치 국물이나 비듬이 묻어 있다면, 또는 불쾌한 냄새를 풍긴다면 고객은 당신과의 만남을 한시라도 빨리 끝내고 싶을 것이다. 고객을 만나기 전에 반드시 거울을 보며 용모를 점검하고 차에 방향제나 향수를 들고 다니며 수시로 냄새 관리를 해야 한다(단, 짙은 향수 향을 싫어하는 고객들도 있기에 주의를 요한다). 그리고 털이 빨리 자라 오후만 되면 턱이 검푸르게 변한다면 또는 코털이 자주 코 밖으로 삐져나온다면 면도기와 족집게를 상비하여 수시로 제모 관리를 해주는 것도 권장하고 싶다.

넷째, 영업인들은 평소에 건강과 체력 관리에 신경 써야 한다. 영업은 수많은 모집단 속에서 소수의 잠재 고객을 발굴하여 계약을 성사시켜야 하는 확률 싸움이기에 수많은 사람들에게 접근을 시도해야 한다. 때문에 영업을 장기적으로 지속하기 위해서는 체력 관리와 지구력이 필요하다. 설득력과 친화력이 좋아 계약 성공률이 높은 영업인도 체력 부족으로 만나는 잠재 고객의 수가 줄어들게 되면 점점 실적이 떨어질 수밖에 없다.

필자도 매일 1시간 정도의 헬스와 규칙적인 식사를 하기 위해 노력한다. 체력 부족으로 고객을 만나는 횟수가 줄어들고 있다면 마라톤이나 헬스로 체력 관리하기를 권유하고 싶다.

다섯째, 영업인은 꾸준히 외모 관리를 해야 한다. 미국의 한 조사 결과에 따르면 외모와 연봉은 양의 상관관계를 가진다고 한다. 즉, 외모가 호감형일수록 사회적으로 신뢰를 얻고 성공할 확률이 높아진다는 것이다. 실제로 영업은 사람을 대하는 일이기에 지저분해 보이는 영업인은 깔끔한 영업인에 비해 불리한 것이 사실이다. 필자도 사실 스킨, 로션 바르는 것조차 귀찮아했으나, 나이가 20대 후반에 접어듦에 따라 매주 2회 정도 마스크 팩으로 주름 관리를 하고 있다.

100가지를 아는 것보다 1가지를 행하는 것이 더 중요하다. 쉬운 것부터 하나씩 실천해나가 보자! 자기 관리의 내공이 쌓임에 따라 고객의 신뢰도도 높아질 것이다. 영업인을 위한 5가지 자기 관리를 다시 한 번 요약하며 이번 장을 마무리한다.

하나, 정보와 지식 관리
둘, 컨디션 관리
셋, 이미지 관리
넷, 체력 관리
다섯, 외모 관리에 철저하자.

knowhow 03 :

권위의 힘을 빌려라

사람들은 권위자들의 명령에 복종하여 그들이 시키는 어떠한 명령도
충실히 수행하려는 경향을 가지고 있다.
-스탠리 밀그램-

앞 장에서 영업인이 고객으로부터 신뢰를
받는 것이 얼마나 중요한지에 대해 말했다. 이번 장에서는 고객에게
신뢰를 얻을 수 있는 방법들 중 '권위'를 활용한 방법에 대해 이야기
하려 한다. '권위'의 사전적 의미는 '일정한 분야에서 사회적으로 인
정을 받고 영향력을 끼칠 수 있는 위신'이라는 뜻이다. 권위자의 말을
인용하여 당신의 말에 신뢰를 주거나 권위자로 느껴지게 하여 신뢰
가는 사람이 되는 방법에 대해 소개하겠다.

고객들을 만나다 보면 '고객의 가치관과 인식'을 바꾸지 않고서는
판매가 불가능한 경우를 한 번쯤 경험해봤을 것이다. 카드 영업을 예
로 들어보자. 신용카드는 과소비와 경제 파탄의 주범이라 믿는 고객

에게 포인트 적립이나 할인 혜택 등을 어필해봤자 고객은 카드를 만들지 않을 것이다. 하지만 이런 고객들도 한 번쯤 다시 생각하게 하는 방법이 있다.

첫 번째 방법은 권위자의 말을 인용하여 설득에 힘을 싣는 것이다. 가령 경제학자 ○○박사가 "한도를 정하고 쓰는 신용카드는 결코 위험하지 않고 오히려 가계경제와 소비시장에 활력을 준다"라고 말한 기사를 보여줄 수도 있을 것이다.

또는 경제부총리가 "신용카드를 잘 사용하면 신용도가 높아져서 낮은 금리로도 대출을 받을 수 있고 소득공제도 받을 수 있다"며 신용카드 사용을 장려하는 주장을 한 기사를 보여주면 고객은 신용카드에 대한 인식을 한 번쯤 재고할 것이다.

이처럼 사람들은 권위자의 주장을 신뢰하는 경향이 있다. TV광고에 의사나 영양사들을 모델로 한 건강식품 광고나 100억대 자산가가 추천하는 부동산 투자 상품 광고가 대표적인 사례라 할 수 있다. 그 분야에서 '성공한 권위자가 추천한 것이니까 그만한 근거가 있겠지'라는 생각이 구매 결정으로 이어지는 것이다.

두 번째 방법은 정확한 통계 수치와 공인 기관으로부터 인정받은 이력을 어필하는 것이다. 당신이 만약 병원 원장이라면 다음 두 제약 영업인 중 어떤 사람의 디테일을 더 신뢰하겠는가?

철수: 원장님, 저희 어머니가 몇 년 전 허리디스크로 정말 고생을 많이 하셨습니다. 근데 저희 회사 소염진통제 B를 2달간 복용하시고 요통이 완치되셨습니다. 드신 후 속쓰림

없이 편안하시다고 하신 거 보니 NSAID 부작용도 기존 약보다 명확히 개선된 것 같습니다. 저희 B처방 부탁드립니다.

영희: 원장님 여기 자료를 봐주십시오. 저희 회사 소염진통제 B 는 A의 개량 신약으로 성분 및 함량이 동일합니다. 그리고 서울대학병원 임상시험 결과 low back pain VAS가 60% 이상 개선되었다고 입증되었습니다. 또한 식약청에서 효능과 안전성을 인정받았으며 대한정형외과 학회와 대한의사협회 신문에 ○○○ 원장님께서 추천하는 글도 실렸습니다. 원장님 병원 환자분들의 요통 완화를 위해 저희 소염진통제 B처방을 검토 부탁드립니다.

누가 봐도 철수보다 영희의 말에 좀 더 신뢰가 갈 것이다. 전자는 주장의 근거가 매우 빈약하고 주관적이다. 반면 영희는 서울대학병원, 식약청 그리고 대한의사협회 등과 같이 공인된 기관으로부터 검증 받은 사실로 상품의 효능을 증명했다. 또한 pain VAS와 같은 명확한 기준과 정확한 수치를 보여줌으로써 객관성을 더했다.

고객의 입장에서 영업인들은 모두 자신의 상품이 최고라 말한다고 생각한다. 때문에 백 번, 천 번 우리 상품이 좋다고 무작정 주장해봤자 크게 와 닿지 않을 것이다. 권위 있는 기관과 객관적인 수치를 활용하여 고객에게 신뢰를 주자.

세 번째 방법은 문서화된 자료를 보여줌으로써 고객의 의심을 해소해주는 것이다. 고객은 영업인이 말로만 설명할 경우 사람을 봐가며 가격이나 조건 등을 자신에게 유리하도록 왜곡할 수 있다고 생각한다. 하지만 획일적인 규정을 근거로 기입해둔 문서를 보여주면 영업인이 거짓말을 할 수 없게 된다.

필자는 부친이 부산에 소유하고 계신 모텔을 운영해오고 있다. 통상적으로 숙박업소들은 성수기나 주말에 객실요금을 평일보다 비싸게 책정한다. 하지만 종종 평일과 주말 요금 차이를 두고 바가지를 씌운다고 억지를 부리며 가격을 깎으려는 고객들이 있다. "총각, 내가 나이 들었다고 숙박료 비싸게 받는 거 아냐?" 이런 식의 억지 주장을 사전에 차단하기 위해서 방의 종류와 요일별 가격 테이블을 만들어 카운터 옆에 붙여두었다. 그리고 억지를 부리는 고객에게 그 표를 보이며 설명하니 수긍이 빨랐다. 불과 종이 한 장이지만 영업 현장에서 문서는 큰 힘을 발휘할 때가 많다.

네 번째 방법은 직함이나 이력을 보여주어 영업인의 연륜을 신뢰하게 하는 것이다. 가맹점 개설, 창업 컨설팅과 같이 영업인의 경력이 중요한 영업도 있다. 그리고 기술 영업의 경우 영업인의 전문성에 따라 고객 만족도가 판이하게 다르다. 또한 법인 영업의 경우 영업인의 회사 내에서 입지와 권한이 크면 가격 할인, 납품 시기, 결제 방법 등 고객과 협상할 수 있는 선택의 폭이 커진다.

이러한 이유들 때문에 대다수의 고객은 직함이 높은 영업인을 선호하는 경향이 있다. 때문에 직함이 높은 영업인은 자신의 직함과 회사에서의 권한이 많음을 최대한으로 어필하는 것이 좋다. 반면 직함이 낮을 경우 부족한 연륜과 권한을 보완하기 위해 관련 자격증이나 이수 경력, 수상 경험들을 보여주어 고객의 신뢰를 얻어내자.

다섯째 방법은 VIP 고객과의 중요한 미팅일 경우 고급 승용차를 빌려 타고 좋은 옷차림에 신경 써서 고객으로부터 하대 받지 않도록 하는 것이다. 사람들은 성공한 사람은 신뢰하는 반면 자신보다 못한 사람은 무시하는 경향이 있다. 물론 자동차나 옷이 허름하다고 모두 실패자인 것은 아니다. 또한 겉모습이 화려하다고 모두 성공한 사람도 아니다. 하지만 많은 사람들이 성공한 사람이라면 의식주를 고급스럽게 할 것이라는 편견을 가지고 있다.

이와 관련된 흥미로운 실험이 TV에 방영된 적이 있다. 한 남성에게 하루는 누추한 작업복을 입히고, 또 하루는 고급 정장을 입혀서 시내에 서 있게 했다. 그러고는 지나가는 여성들에게 호감도 및 신뢰도를 조사하는 실험을 했다. 똑같은 사람임에도 불구하고 전자는 '계약직 노동자 같다, 못생겼다' 등 형편없는 평가를 받았고, 후자는 '재벌 후계자 같다, 성공한 CEO 같다, 훈훈하다' 심지어 '결혼하고 싶다'라는 평가까지 받았다. 옷차림이 사람의 이미지와 신뢰를 결정짓는 중요한 요인이란 것을 실감하게 하는 사례이다.

필자도 비슷한 경험이 있다. 필자의 차를 운전할 땐 방향등을 넣지 않고 차선을 변경하는 등의 실수를 했을 때 클랙슨(자동차 경적)이 많이 울리곤 한다. 반면에 어머니의 차를 타고 운전할 땐 운전하다 실수를 해도 클랙슨 소리를 들어본 적이 없다. 영업 현장에서도 마찬가지다. 재력가의 자산 관리를 도울 재무 설계사가 경차를 타고 허름한 정장을 입고 고객과 미팅한다고 가정해보자. 과연 그 재력가 고객은 자신의 재산을 믿고 맡길 수 있을까?

이러한 편견이 편견일 뿐임을 잘 알지만 내가 어떤 사람인지에 못지않게 고객의 눈에 어떻게 보이는지가 영업인에게는 그만큼 중요하다. 굳이 사회의 잘못된 통념에 투쟁하기보다는 고객의 신뢰를 받아 돈 많이 벌 수 있는 연구를 하자. 좋은 옷을 입고 좋은 차른 타고 고객을 만나면 고객은 당신을 특정 분야 영업에서 성공한 전문가로 인정할 확률이 높다.

권위를 활용하여 고객의 신뢰를 얻는 5가지 방법에 대해 요약하며 이번 장을 마무리하겠다.

하나, 권위자의 말을 인용하여 설득에 힘을 싣자.

둘, 권위 있는 기관으로부터의 인증과 정확한 수치를 활용하자.

셋, 문서화된 자료로 고객의 의심을 해소하자.

넷, 직함이나 이력을 어필하여 전문성과 연륜을 인정받자.

다섯, 옷차림과 겉모습도 고객의 신뢰를 얻는 데 중요한 역할을 한다.

knowhow 04 :

오감으로 보고 느끼게 만들어라

百聞不如一見(백문이 불여일견)
백 번 듣는 것이 한 번 보는 것만 못하다.
-《한서(漢書)》의 조충국전 中-

현장에서 '영업인의 최대 적은 경쟁사 영업
인이 아니라 결정하지 못하는 고객'이라는 말이 있다. 그 정도로 클로
징 단계에서 고객의 구매 결정을 이끌어내기가 어렵다는 뜻이다. '고
객이 구매하지 않는 이유'에 대한 한 소비자 연구기관의 조사에 의하
면 41%의 가장 많은 고객들이 '불확실성과 의심'으로 구매하지 않는
다고 한다. 그 뒤로 32%의 고객이 '예산상의 문제', 27%가 '니즈 부
족' 때문이었다고 한다. 비용 문제로 구매하지 못한 32% 고객들은 할
인 정책이 있지 않는 이상 마음을 돌리기는 비교적 어렵다. 반면 회사
나 상품을 믿지 못하는 고객과 상품에 대한 니즈가 부족한 68%의 고
객들은 오감을 자극하는 '체험 영업법'을 통해 사로잡을 수 있다.

체험 영업법이란 감각sense, 감정feel, 행동action, 관계relation, 인지think 등 5가지 방면에서 고객에게 생동감 있는 자극을 경험하게 함으로써 상품과 브랜드에 대한 긍정적인 이미지를 심어주는 것이다.

고객이 직접 보고, 느끼고, 만지고, 맛본다거나 회사를 직접 견학하며 제조 과정 등을 볼 수 있도록 해준다. 성능이나 효능 그리고 브랜드를 직접 체험해보았기에 말로만 들었을 때보다 상품에 대한 이해도와 필요성이 극대화될 수밖에 없다. 뿐만 아니라 의심과 불확실성도 줄어든다.

컬럼비아 대학 교수 번트 슈미트는 "소바자들은 자신의 감각에 호소하고 가슴에 와 닿으며, 자신의 정신을 자극하는 제품, 커뮤니케이션, 마케팅을 원한다. 고객은 느낄 수 있고 체험할 수 있는 제품, 커뮤니케이션, 마케팅 캠페인을 원한다."고 말했다. 필자의 생각과 일맥상통하는 대목이라 할 수 있다.

이러한 체험 영업법의 대표적인 사례로는 '깜빡이 영어 학습기'를 들 수 있다. 기존 어학 학습기들은 빈번한 고장과 효과에 대한 고객의 불신이 컸기 때문에 실질 구매율이 낮았고 시장도 정체기에 머물렀다. 하지만 '깜빡이'는 고객들에게 1주일간 무료로 체험할 수 있는 기회를 제공하여 이러한 불신을 종식시켰고 마침내 국내 어학 학습기 시장 점유율 1위를 차지하게 되었다.

필자도 이러한 감각을 자극하는 영업법을 보험 판매에 적용했었다. 보험 상품의 보장 범위를 설명하다 보면 백혈병, 뇌출혈, 골수암, 모야모야병 등 수많은 병명들을 설명하게 된다. 하지만 고객은 의사가 아니기에 이러한 병명만 듣고서는 병의 심각성과 막대한 치료비를 실감하지 못한다. 그래서 고객에게 좀 더 와 닿는 설명을 하기 위해 질병에 관련된 이미지들과 예상 치료비 등을 적어서 직접 보여줬다. 끔찍한 질병에 걸린 사람의 사례를 사진으로 접한 고객들은 자신이 생각했던 것보다 훨씬 더 심각한 병이라는 것을 실감하게 된다. 필자가 보험의 필요성에 대해 설명하기도 전에 보험 가입 조건에 대해 물어보는 고객도 있었다. 이처럼 고객이 눈으로 직접 볼 수 있게 해주는 영업으로 전달 대비 30%의 실적 성장을 이루었다.

필자가 프랜차이즈 외식 업체 기획이사로 일할 때 고객 충성도를 높이기 위해 많은 고민을 했다. 아무래도 외식업이다 보니 믿을 수 있는 식재료를 사용한다는 점을 어필하고 싶었다. 하지만 '신선한 식재료와 천연 향신료를 사용하여 인도 전문 요리사가 직접 요리한다'는 식상한 전단지 문구만으로는 고객에게 우리 음식의 장점이 생생하게 전달되지 못했다.

고심 끝에 이마트 문화센터에서 매달 '인도 요리 교실'을 진행하여 고객들과 잠재 고객들을 직접 요리 과정에 참여시켰고 그것을 SNS를 통해 공유했다. 이러한 체험을 통해 고객들은 직접 보고, 만들고, 맛보는 과정 속에서 우리 회사 브랜드에 대한 신뢰와 애착을 가지게 되었다.

제약 영업 분야로 또 다른 예를 들어보자. 가령 자사 정제의 장점이 '물에 뜨는 특허 기술'을 통해 위 속에서 오랜 시간 부유하며 위벽을 치유하는 점이라면, 유리컵에 알약을 넣고 물 위에 뜨는 모습을 직접 보여준다. 단순히 제품 브로슈어에 적힌 장점을 읽어주는 것보다 훨씬 더 고객에게 신뢰를 줄 수 있다.

또는 타사 대비 정제의 크기가 작아서 복용 편의성이 좋은 특장점이 있다면 사이즈가 큰 경쟁사들의 알약을 구하여 직접 사이즈 차이를 눈으로 볼 수 있게 해주는 것이다. 그리고 직접 알약을 편하게 복용하는 모습을 보여줌으로써 작은 사이즈의 장점과 당신의 열정을 고객에게 실감나게 전달할 수 있을 것이다.

이번 장에서는 고객에게 체험하도록 하는 영업에 대해 이야기했다. 그동안 고객의 신뢰를 얻지 못했다면, 또는 구매 결정 단계에서 매번 고객을 놓치곤 했다면 이제 고객이 온몸으로 느낄 수 있는 영업 방법들을 고민해보자.

knowhow 05 :

눈빛과 표정으로 믿음을 더하라

말로는 우호적인 것 같아도 보디랭귀지는 전혀 다른 분위기를 보여줄 수 있다.
이런 경우 메타 메시지를 감지할 수 있다면 상대의 생각과 관점을 보다 잘
이해하고 인정할 수 있다.
-로저 피셔 다니엘 샤피로-

이번 장에서는 메타 메시지가 고객의 신뢰를 얻는 데 얼마나 중요한 역할을 하는지 이야기하려 한다. 비언어적인 표현이라고도 불리는 메타 메시지는 강세, 억양, 어조, 표정, 제스처, 분위기, 태도, 눈빛 등 음성 언어 외에 모든 메시지를 포괄하는 개념이다. 연극배우도 아닌 영업인이 왜 표정까지 신경 써야 하는지 의아해하는 분들도 많은 것이다. 대부분 말만 유창하게 잘하면 설득과 협상에 능하고 영업도 잘될 것이라 믿기 때문이다.

하지만 실제로는 그렇지 않다. 우리가 하는 커뮤니케이션 중 말이 차지하는 비중은 5% 이하라고 한다. 나머지 95%는 메타 메시지를 통해 상대에게 전달되는 것이다. 고객도 마찬가지다. 영업인이 어떤 말

을 하는지 보다 그 말을 한 영업인이 어떤 태도와 느낌으로 말하는지 그 방식에 더 큰 영향을 받게 된다.

가령 '고객님의 인생을 위해 보험 상품 가입을 권유한다'고 말하지만 어떻게든 이 상품을 팔아치우려는 급한 말투와 안달하는 표정으로 말한다면 고객은 과연 영업인에게 진정성을 느낄 수 있을까? 아무리 청산유수 같은 말을 한들 표정, 말투 그리고 제스처가 그 말과 조화를 이루지 못한다면 믿음을 줄 수 없게 될 것이다.

가령 고객의 말을 경청하지 않고 딴 곳을 바라보면 고객은 심기가 불편할 것이다. 고객의 눈을 응시하지 못하고 자꾸 피하면 자신감이 없어 보이고, 말을 하는데 코를 만지거나 동공이 흔들리면 거짓말을 하고 있는 것처럼 느껴질 것이다. 웃을 때 입꼬리는 올라가는데 눈꼬리는 웃지 않는다면 부자연스럽거나 가식적인 느낌이 들며, 손으로 입을 자주 가리거나 다리를 떨면 마치 중요한 내용을 숨기는 것처럼 느껴질 수 있다. 이와 같이 메타 메시지를 신경 쓰지 않으면 말의 내용이 아무리 좋아도 고객의 신뢰를 얻기는 어려울 것이다.

반면 베테랑 영업인이 고객과 대화하는 모습을 관찰해보면 어떨까? 마치 톱 배우라 해도 무색할 만큼 표정과 음성이 풍부하고 섬세하다는 것을 발견할 수 있다. 고객의 기분에 따라 세상에서 가장 행복한 표정을 짓기도 하고, 때론 세상 다 잃은 듯 슬픈 표정을 지으며 고객이 이해 받는다는 느낌이 들도록 해준다.

또한 상황에 따라 적절한 분위기와 어조를 연출하기도 한다. 초면인 고객과 아이스 브레이킹을 할 땐 가볍고 유쾌한 느낌으로 고객을 편하게 해주는 반면, 중요한 설명을 할 땐 잠시 말을 멈추어 침묵을 조성한 후 강한 어조와 제스처를 동반하며 설명함으로써 고객에게 적당한 긴장감을 주기도 한다. 말의 높낮이와 빠르기를 자유자재로 조절하여 좀 더 신뢰 가는 말투로 자신의 설득력을 뒷받침하기도 한다. 마치 연극에 푹 빠진 관객처럼 고객을 자신의 말에 몰두하게 만드는 것이다.

이처럼 메타 메시지를 잘 표현하여 전달하는 것도 중요하지만 고객의 메타 메시지를 제대로 읽어내는 것도 중요하다. 가령 고객이 "말씀이 너무 재미있어서 웃다 보니 벌써 해가 졌네요"라는 말을 했다고 가정해보자. 단순히 고객이 내 이야기로 인해 즐거웠다니 계속해서 자신의 말만 하면 고객도 잃고 눈치도 없는 바보가 될 수 있다. 이 말 속에서 '이제 대화를 마무리하고 돌아갈 때가 되었다'는 암시를 캐치하지 못했기 때문이다.

또 다른 예를 살펴보자. 영업인의 말을 듣던 고객이 팔짱을 끼며 몸을 의자 뒤로 기대었다면 분명 부정적인 생각이 든 것이다. 이러한 제스처를 무시하고 계속 자신이 할 말만 한다면 이 고객은 머지않아 자리를 박차고 일어날 것이다. 고객이 팔짱을 끼거나 몸을 당신으로부터 멀리한다면 어떤 대목에서 당신의 말에 동의하지 않거나 또는 불만이 생긴 것이다. 그러니 어떠한 부분에서 동의하지 못하거나 불만이 있는지를 물어보고 제대로 대응할 필요가 있는 것이다.

사적인 대화 중 영업인의 질문에 고객의 얼굴이 붉어지고 말투가 급격히 조심스러워졌다면 고객에게 결례를 범했을 가능성이 높다. 이때 고객의 사생활을 너무 깊게 침해하지 않았는지 자신의 말을 돌이켜봐야 한다. 그리고 필요하다면 적절한 사과를 하고 다른 주제로 넘어가서 불편한 분위기를 전환시켜주는 것이 중요하다. 고객의 이런 메타 메시지를 읽지 못하고 계속 민감한 질문들을 이어간다면 고객은 취조 받는다는 느낌에 불쾌할 것이다.

눌변으로 고객을 만나는 데 자신감을 잃은 영업인이 있을 것이다. 또는 자신의 말솜씨에 도취되어 고객에게 거만한 느낌을 주는 영업인도 있을 것이다. 하지만 진정성 없는 청산유수의 말보다 때로는 진심 어린 눈빛과 침묵이 고객에게 더 깊은 감동을 줄 수 있음을 명심하자.

이번 장을 요약하며 마무리하겠다. 고객에게 신뢰를 받는 영업인이 되기 위해서는 말뿐만 아니라 메타 메시지에도 디테일을 더하고, 고객의 메타 메시지를 제대로 읽어내기 위해 노력하자.

knowhow 06 :

브랜드와 입소문으로
찾아오게 만들어라

브랜드(brand)라는 단어는 노르웨이 고어 'brandr'에서 나온 것으로 추정된다.
이 단어는 '태운다'는 뜻이다. 고대 유럽에서 가축의 소유주가 자신의 가축에
낙인을 찍어 소유주를 명시하던 사례에서 파생했다고 본다.
고대 이집트에서 벽돌에 이름을 표시해 제조자를 명시하여 품질을 보증하거나 영국에서
위스키 제조업자들이 나무통에 인두를 이용해 화인을 찍은 것도 브랜드에 해당한다.
-지식백과-

경쟁이 치열해진 요즘 많은 기업들이 다양
한 매체를 기발하게 활용하여 입소문 마케팅(바이럴 마케팅)이나 브랜
드 평판 관리에 총력을 다하고 있다. 과거에 입소문은 사람들 사이 구
전으로 국한되었지만 요즘은 휴대폰, 메신저, 이메일, TV 등 각종 매
스미디어의 발달로 구전의 효과와 범위가 크게 확대되었다.

좋은 여론을 만들어 큰 마케팅 비용을 들이지 않고서도 파격적인
매출 증진을 이룬 기업이 있는 반면, 나쁜 입소문을 통제하지 못해 도
산한 기업도 있다. 이제 입소문의 영향력은 무시할 수 없을 만큼 커졌
다는 것이다.

장사와 영업에 있어서도 입소문과 평판은 매우 중요하다. 좋은 평

판이나 브랜드를 가진 영업인이나 매장은 동일한 조건의 경쟁자 대비 적은 시간과 비용으로 훨씬 더 큰 실적을 올릴 수 있다. 주변을 한번 살펴보자. A씨는 모객('모집 고객'의 줄임말) 확보를 위해 매일 사람들을 만나 명함을 뿌리고 건물을 타기도 한다. 하지만 잠재 고객을 찾기 힘들고 판매를 성사시킬 확률도 낮다. 발에 땀이 나도록 돌아다니지만 잠재 고객들의 잦은 거절로 인해 자신감을 잃을 때도 있고, 더운 여름과 추운 겨울 시즌에는 어김없이 슬럼프를 겪곤 한다.

반면 B씨는 이번 주에 고객 미팅이 벌써 8개씩이나 잡혀 있다. 고객들은 B씨에게 컨설팅을 받거나 계약하기 위해 B씨의 스케줄에 맞춰 B씨의 사무실 근처로 찾아온다. B씨는 매주 2번씩 자신의 전문 분야에 대한 강연을 하며 평판을 형성했던 터라 찾는 기업과 잠재 고객들이 많다. 강연을 들은 청중들이 고객이 되고 또 그 고객이 지인을 소개해주는 선순환이 일어나고 있다.

B씨는 금요일과 토요일에 자신의 전문 분야 지식과 이력에 대한 책을 집필하곤 한다. 벌써 3번째 출간을 준비하고 있다. B씨는 자신의 책을 읽고 연락해온 '팬심fan心'이 강한 고객들을 관리하여 충성고객으로 만든다. 이 고객들은 자신뿐만 아니라 가족이나 지인에게 B씨를 소개해주어 추가 계약을 선물하곤 한다. 일요일에는 자신이 운영하는 밴드 동호회 사람들과 친목모임을 한다. 처음에는 20명으로 시작했으나 매달 10명 정도씩 꾸준히 늘어 이미 500명의 회원을 거느린 중견 모임이 되었다. 이 회원들에게 주기적으로 컨설팅을 해준 결과 회원의 25%인 125명이 이미 B씨의 고객이 되었다. B씨는 자신이 운영

하는 동호회를 꾸준히 관리함으로써 좋은 평판을 쌓아갔고 그 평판을 듣고 동호회에 가입하는 사람들이 많아졌다. 동호회 회원 모두가 B씨의 어항 속 물고기와 같은 잠재 고객들인 셈이다.

B씨는 또 틈틈이 네이버 지식인에서 자신이 아는 분야에 대해 질문을 올린 사람들에게 답변을 단다. 어느새 '태양신'이라는 지식인 전문가로 인정받은 터라 답변 채택 확률과 노출 순위도 높아졌다. B씨는 자신이 쓴 답글을 보고 이메일을 보낸 사람들에게 성실하게 컨설팅을 해주면서 상당수의 고객을 확보했다. 이처럼 B씨는 고객들 사이에서 '최고 전문 영업인'으로 통한다.

B씨가 A씨와 다른 점은 무작정 영업을 하는 것이 아니라 머릿속으로 끊임없이 '평판과 입소문'에 대해 생각하며 일한다는 것이다. '자신이 이 분야 최고 전문가'라는 평판과 입소문을 만들어 고객들이 찾아오도록 만드는 가능한 모든 방법을 동원해온 것이다. 무작정 고객을 찾아다니는 A씨는 비유하자면 '사냥'을 하러 다니는 것이기에 변수와 기복이 많으며 고객이 누적될 수 없다.

하지만 B씨는 꾸준히 평판을 쌓고 입소문을 관리하는 '농사'를 지어왔기에 시간이 지날수록 그 평판이 누적되어 어느 순간부터 가만히 있어도 고객들이 찾아오는 자타공인 전문 영업인이 되었던 것이다. B씨의 영업 방식에서 우리는 입소문과 평판을 통해 얼마나 효과적으로 영업 활동을 할 수 있는지를 배울 수 있다.

입소문과 평판의 시작은 경쟁자들과 차별화된 자신만의 브랜드를 만드는 것에서부터 시작한다. B씨는 자신의 영업 분야에서 최고 전문

가라는 브랜드를 만들기 위해서 꾸준히 강연을 하고 책을 집필했으며, 동호회를 운영해왔다. 뿐만 아니라 SNS를 활용하여 잠재 고객들과 소통했다. 차별화된 브랜드와 입소문을 통해 매출을 증진시킨 필자의 사례도 공유해본다.

    필자의 모친이 독서실을 운영한 적이 있다. 좁은 동네에 경쟁 독서실이 3개씩이나 있었고 야간자율학습의 강제 시행으로 독서실 회원은 줄고 있었다. 설상가상으로 최신식 시설로 무장한 신규 독서실이 생기자 학생 수는 반 토막이 나버렸다. 어머니는 통화를 할 때마다 독서실 사업을 접어야 할지 늘 근심에 찬 목소리로 물어보시곤 했다.

    필자는 학생들의 방학을 맞아 침체된 독서실을 경영 정상화한다는 각오를 품고 고향에 내려갔다. 매일 어머니 대신 독서실 카운터를 차고 앉아서 타 독서실 대비 차별화된 브랜드를 만들 방법을 고뇌하다가 좋은 영감이 떠올랐다. 일단 독서실 학생들과 친해진 후 학교에서 제일 공부를 잘하는 친구들을 데려오라고 부탁했다. 그리고 각 학교에서 공부 좀 한다는 모범생들에게 피자를 사주면서 수능을 칠 때까지 무료로 독서실을 다니게 해주겠다는 제안을 했다. 모친의 반대가 심했지만 어차피 비는 자리니 자선한다 셈치고 추진했다. 그렇게 10개월 동안 모범생들에게 야식을 사주고 진학 상담도 해주며 친분을 쌓음과 동시에 면학 분위기 조성에 힘썼다.

    결과는 놀라웠다. 우리 독서실에서 서울대 2명, 경찰대 1명, 한양대 1명씩이나 합격한 것이다. 필자는 합격생들에게 소정의 장학금을 주며 허락을 받은 후 현수막과 전단지에 서울대 합격생 2명을 배출한 독서실이라고 대대적으로 홍보했다. 입소문이라는 것이 무섭도록 빠르게 퍼졌다. 그 후로 우리 독서실은 학기 중, 방학 기간 따질 것 없이 늘 90% 이상 만실이었다.

예전에는 비는 자리를 채우기 위해 울며 겨자 먹기로 공부 안 하는 학생들도 다 받았는데 그 후로는 중학생과 고등학교 저학년은 받지도 않았다. 고2, 고3 수험생 위주로 독서실을 운영하니 면학 분위기가 더 좋아지는 선순환이 이뤄졌다. 하지만 서울대 합격생이 2명씩이나 나온 것은 그해의 좋은 운 덕분이었고 내년 수능 때 또 그런 일이 생기리라는 법은 없었기에 이것으로 만족할 수 없었다.

'명문대 가는 면학 분위기 좋은 독서실'이라는 이미지를 굳히기 위해 고민하던 중 필자는 대학 도서관에 쌓여 있는 교내 신문을 보고 또 영감을 얻었다. 재학생에게는 종이에 불과한 이 교내 신문이 명문대 진학을 꿈꾸는 수험생에게는 꿈의 상징이라는 점에 착안하여 고대 신문과 고대 기념품들을 독서실 곳곳에 비치해두었다. 그리고 학생들과 학부모들에게 적극적으로 진학 상담도 해주었다.

이러한 것들이 하나의 브랜드로 쌓여서 우리 독서실은 점점 좋은 평판을 쌓게 되었다. 결국 몇 억을 투자한 독서실보다 매출이 훨씬 높은 독서실이 되어 서운하지 않은 권리금을 받고 팔 수 있었다. 무엇인가 자신만의 브랜드를 만들고 그것을 입소문 나게 하기 위해서는 차별화된 브랜드를 만들고 고객과 끊임없이 소통해야 한다.

하지만 영업이나 경영을 하는 데 있어서 입소문과 평판을 만드는 데 주의할 점도 있다. 사자성어 중에 '삼인성호三人成虎'라는 말이 있다. 세 명의 사람이 말하고 다니면 없던 호랑이도 만들어 낼 수 있다는 뜻으로 입소문이 왜곡될 경우 오히려 억울하게 타격을 받을 수 있다는 것이다. 사실과 다른 악의적인 입소문이 나지 않도록 고객과 좋은 관계를 유지하고 평판과 이미지 관리를 위해 노력해야 한다.

또한 시장 점유율을 높이기 위해 경쟁사나 타 영업사원을 험담해서는 결코 안 된다. 말을 경솔히 하고 다니다 보면 보복성 악성 소문이 생겨 고객을 잃게 될 수 있다. 영업은 말을 많이 해야 하고 사람을 많이 만나야 하는 직업이다. 입소문을 영업에 잘 활용하되 말조심에 힘쓰자는 당부와 함께 이번 장을 마무리한다.

단점과 모르는 것에 솔직하라

무지함을 두려워 말라. 거짓 지식을 두려워하라.
-파스칼-

영업인이라면 한 번쯤 고객이 원하는 정보를 모를 때 당황하여 적당히 둘러댄 경험이 있을 것이다. 자신이 파는 상품에 대해 잘 모르는 부분이 있음에도 판매 기회를 놓치게 될까봐 모른다고 솔직히 말할 수 없었을 수도 있다. 또는 상품의 단점을 숨기거나 장점을 과장되게 설명했던 적도 있을 것이다. 단점을 알게 되면 고객이 구매를 하지 않거나 손님이 줄어들 수 있기 때문이다.

하지만 거짓말은 고객으로부터 신뢰를 잃게 하고 완전판매를 실패시킬 만큼 영업인에게 치명적이다. 너무나도 자명한 이치이지만 확률적으로 따져 보자. 거짓말을 했으나 알아차리지 못하고 구매한 고객들도 있을 것이다. 이런 고객이 전체 고객의 50%라 가정하자. 하지만 이 50%의 고객들 중 절반의 고객은 구매 후 영업인의 거짓말을 알게 되어 반품하거나 불만을 제기하게 될 것이다. 그러면 25%의 고객을 거짓말로 잃게 되는 꼴이다.

또한 고객이 대화 중 영업인의 거짓말을 바로 알아차린 경우도 있을 것이다. 이 또한 전체 고객의 50%라 가정하자. 이 경우는 애초부터 판매 기회조차 잃게 된다. 이렇게 50%의 고객을 잃는 것이다. 결과적으로 25%에 50%를 더하여 전체 고객 중 75%의 고객을 잃게 된다.

물론 다른 변수들이 없다는 가정과 상황에 따른 결과가 50%씩으로 양분된다는 가정하에 나온 결론이기에 정확한 수치가 아닐 수도 있다. 하지만 거짓말을 해서 영업에 성공하기보다는 실패할 확률이 더 높다는 사실만큼은 느껴졌을 것이다.

그렇다면 첫 번째로 고객과의 대화 중 모르는 점이 생기면 어떻게 대처해야 할까? 베테랑 영업인의 공통적인 조언에 따르면 솔직함과 신속한 대응이 그 해결책이다.

"고객님 그 부분은 변동 상황이 많기에 확답을 드릴 수 없습니다. 좀 더 정확한 정보 제공을 위해 고객님과 함께 자료를 찾아본 후 말씀 드리겠습니다" 또는 "고객님 죄송하지만 구체적인 수치는 제가 잘 기억이 나지 않습니다. 제가 자료를 준비해온 자료를 찾아보고 바로 답변 드리겠습니다"라는 식으로 솔직하게 모름을 인정하고 함께 자료를 검색한 후 설명한다. 이러한 대처로 고객은 솔직한 당신을 그리고 함께 검색하여 찾게 된 정확한 정보를 신뢰하게 될 것이다.

만약 잘 알지 못하는 사실을 회피하기 위해 적당히 다른 말로 둘러

댄다면 고객은 얼렁뚱땅 넘어가려 하는 태도를 가진 무책임한 영업인과 계약을 맺지 않을 것이다. 또는 당시에는 모르는 부분을 거짓말로 때웠는데 나중에 고객이 알게 되었다면 더욱 신뢰를 잃게 될 것이다. 설령 거짓말로 판매에 성공했다 하더라도 차후에 문제 발생 소지가 크기에 완전판매라고 보기 힘들다.

'적당히 임시방편으로 때우면 되겠지'라는 안일한 생각을 가진 영업인들도 상당수 있을 것이다. 하지만 요즘은 정보의 회전과 공유가 빠른 시대라 고객의 지식수준이 높다. 또한 의심이 많은 고객들도 있기에 함부로 거짓말을 했다가는 본전도 못 찾게 될 것이다.

H사의 김 과장은 납품 업체를 선정하거나 이해관계자와 미팅을 할 때 7년 동안 지켜왔던 원칙이 있다고 한다. 그는 잘 알지 못하는 상대와 첫 거래를 할 때 반드시 믿을 만한 사람인지를 확인하는 과정을 거친다. 일단 자신이 확실히 아는 부분에 대해 모르는 척 질문을 하여 상대가 올바르게 알고 답변하는지를 확인한다. 그리고 상대에게 답변을 듣고 나서 한참 후 똑같은 질문을 불시에 물어봐서 이전에 했던 말과 일치하는지를 체크한다고 한다.

'아마 고객이 이 정도까지는 모르겠지'라는 안일한 생각으로 거짓말을 하거나 같은 질문에 자신도 모르게 이전과 다른 답변을 한다면 이미 그 사람은 거래처 대상 목록에서 제외되어 있을 것이다. 고객들은 간혹 김 과장처럼 자신만의 기준으로 영업인의 정직성을 검토하고 있기 때문이다.

둘째, 상품이나 회사의 단점이 있음에도 영업에 성공하려면 어떻게 해야 할까? 혹자들은 단점을 고객이 알게 되면 판매에 실패할 것이라 생각하기 때문에 단점을 숨기려고 거짓말을 하곤 한다. 하지만 많은 협상학자들은 오히려 단점을 솔직하게 오픈하는 것이 모든 면에서 완벽하다고 말하는 과장보다 더 큰 신뢰를 줄 수 있다고 말한다.

대표적인 예로 에이비스AVIS라는 미국의 렌터카 업체의 '2등 전략'을 들 수 있다. 그들은 창업 8년 때까지 적자 기업이었다고 한다. 설상가상으로 경쟁사인 허츠HERTZ 기업이 70% 이상의 시장점유율을 굳히고 있어 진퇴양난의 상황이었다고 한다. 이때 그들은 회의를 통해 기발한 아이디어를 도출해낸다. 그게 바로 그 유명한 "우리는 2등입니다. 그래서 더 열심히 일합니다"라는 문구이다.

이처럼 솔직한 영업 전략으로 인해 고객의 마음속에 진실한 기업이라는 이미지로 자리 잡았고 경쟁사 허츠HEARTZ의 시장점유율을 45%로 떨어뜨리며 만성 적자로부터 벗어날 수 있었다. 이러한 케이스는 이후에 다른 후발 주자 기업들의 영업 전략에 많이 활용되었고 우리나라의 대선 주조 또한 이러한 2등 전략을 활용하여 매출 증진을 이룬 사례도 있다.

어떤 상품이나 기업이든 단점이 없을 수는 없다. 하지만 그런 단점을 솔직하게 오픈하고 개선하기 위해 노력하는 자세가 고객의 마음을 움직인다. 또한 자사 상품의 단점이 크게 상관없는 고객들에게 집중적으로 접근하는 것도 좋은 영업 방식이다.

필자의 부친은 부산 서면에 모텔을 소유하고 계신다. 조모님 때부터 운영했던 건물이라 낙후되었다는 큰 단점이 있다. 해가 지날 때마다 경영 상황은 악화되었지만 부지의 성장 가치가 커서 팔지도 못하는 계륵과 같은 존재였다. 리모델링을 하자니 9억에 달하는 큰 투자가 필요해서 손익분기점까지 리스크가 너무 컸다.

필자는 모텔 경영 정상화를 목표로 1년 동안 직접 경영을 하고 5년간 '단점을 인정하고 알리는 마케팅'을 했다. 일단 '시설물 낙후'라는 단점을 과감히 인정했다. 그리고 고객을 분류하여 이런 단점이 크게 중요하지 않은 고객들 가령 저예산 배낭여행객, 용돈이 부족한 대학생들을 대상으로 인터넷과 여러 애플리케이션을 활용하여 지속적으로 바이럴 마케팅을 했다.

요지는 '시설물이 그리 좋지는 않지만 부산 중심지 서면에 위치한 가장 싸고 청결한 모텔'이라는 점에 집중했다. 시설물의 낙후라는 단점을 인정하는 대신 저렴한 가격과 좋은 상권에 위치해 있다는 장점을 부각시킨 것이다.

그 결과 여름철과 주말은 거의 매번 만실을 이루고 전국에서 여행객들이 예약을 하고 오는 모텔이 되었다. 어떻게 보면 필자가 한 것은 우리가 가진 단점이 크게 중요치 않은 고객들을 찾아서 단점을 솔직하게 인정하고 장점을 어필한 것밖에 없다. 다만 이것을 오랫동안 아주 꾸준하게 해왔다는 것이다.

만약 우리 모텔이 최상의 시설물이라 거짓 영업을 했다면, 그 광고를 믿고 방문한 고객들은 배신감에 재방문하지 않을 것이고 매출은 지속적으로 떨어졌을 것이다. 하지만 단점을 인정했고 그 단점을 보완하기 위해 가격을 낮추고 위생관리에 더 힘썼기에 고객에게 선택받을 수 있었다고 생각한다.

우리는 개인적인 단점 또는 회사나 상품의 단점 등 많은 단점을 안고서 타 영업인들과 경쟁하여 판매에 성공해야만 한다. 자신이 영업할 때 문제가 되는 단점을 어떻게 인정하고 승화해 고객에게 신뢰를 얻을지 각자 고민해보자.

거짓말은 고객과 쌓은 신뢰를 한순간에 잃게 할 수 있지만, 솔직함은 고객의 마음을 열 수 있다는 말로 이번 장을 마무리한다.

"고객님 저희 식자재는 비쌉니다. 하지만 고객님의 건강을 위해 10년간 유기농 생산이라는 원칙을 단 한 번도 어긴 적이 없습니다."

"고객님 제가 눌변이라 고객님께 시원한 상담을 해드리지 못해 죄송합니다. 하지만 제공해드리는 정보와 고객님을 생각하는 마음만큼은 순도 100%의 진심을 다하겠습니다."

"고객님 저희 회사는 중견기업이라 대기업보다 고객 수가 적습니다. 하지만 소수의 고객님들을 집중적으로 관리할 수 있었기에 고객만족 우수상을 받았습니다."

Chapter

5

경청
고객의 말 속에
답이 있다

BUSINESS
KNOWHOW

knowhow 01 :

고객과 적어가며 대화하라

남의 말을 열심히 듣는 사람은 말하는 사람 입장에서는 진실한 벗과 같다.
-플라톤-

　　　　　필자는 상담할 때 고객에게 볼펜을 쥐어주고 함께 적어가며 대화한다. 마치 학창시절 수업시간에 짝꿍과 쪽지를 주고받듯 말이다. 편하게 설명하면 될 것을 왜 굳이 고객을 번거롭게 하느냐고 묻는 분들도 있다. 하지만 고객과 함께 종이에 적어가면서 대화하면 얻는 것이 많다. 고객과의 접점에서 몇 가지 상황을 재연하며 그 이유를 함께 살펴보자.

〈예시 상황1 : 미리 준비한 틀 속으로 유인하는 대화법〉

영업인 : 고객님 여기까지 제 설명 이해되셨죠? 제가 적은 세

가지 항목들 중에 고객님이 가장 선호하시는 항목에 동그라미를 그려 주세요!

고　객 : (3개의 항목 중 하나에 동그라미를 친다.)

영업인 : 동그라미 친 부분에 대해 간략한 설명 드리겠습니다. (-설명 중략-) 이해되셨죠? 그렇다면 이번엔 고객님께서 기존에 사용하셨던 제품의 불편했던 점은 어떤 점이었나요? 제가 말씀드리며 백지에 적은 5가지 중에 동그라미 쳐 주세요.

고　객 : 비싼 유지비와 잦은 고장이 제일 불편했죠(2가지 항목에 동그라미를 치며 답한다).

영업인: 그렇죠? 많은 고객님들께서 S사의 ○○는 고장이 많고 유지비가 2년만 사용해도 제품 구매 비용 정도가 소모된다고 말씀하시더라고요.

고　객: 그 정도예요? 전 아직 3개월밖에 사용 안 해봐서요. 아무튼 제가 생각했던 것보다 문제가 심각하네요.

영업인: 그럼 만약 유지비가 절반 정도로 절감되는 대신 5% 정도 구매 비용이 비싸다면 고객님께서는 구매하시겠습니까? 유지비 감소 덕분에 딱 2달만 사용해도 S사의 ○○를 구매하여 사용하시는 것보다 저렴하게 됩니다.

고　객: 정말 저 두 가지 문제가 다 해결된다면야 5% 정도 비싼 것도 나쁘지 않죠.

영업인: 그렇다면 일단 저희 회사의 제품에 대해 한번 들어보시겠어요?

고　객: 그러죠. 그럼.

　　영업인은 몇 가지 객관식형 질문을 만들어 고객에게 문답을 권유하며 대화를 이끌었다. 첫 요구에 따라 고객은 잠시 망설이다 최면에 홀린 듯 동그라미를 친다. 이렇게 시작되어 영업인의 요청에 따라 고객과 함께 백지를 채워나가는 과정을 통해 고객은 영업인의 페이스에 따라 움직이게 되고 몇 번 반복하다 보면 당신의 말에 대한 순응도가 높아지게 된다.

　　이러한 과정을 통해 고객의 순응도를 높인 후에 구매를 권하면 수긍할 확률이 높아진다. 그리고 무엇보다도 영업인의 유인에 따라 구매 결정 단계까지 왔지만, 자신의 의견이 반영된 (자신이 동그라미를 그리고 백지에 적어온) 결론이기에 고객은 영업인의 제안을 수용하는 데 거부감이 적어진다. 다음 예시를 보자.

〈예시 상황2 : 개방형 질문으로 고객의 말을 이끄는 대화법〉

영업인 : 고객님은 은퇴 후 어떤 일들을 꼭 하고 싶으세요? 버킷리스트 같은 것 있으시죠?

고　객 : 음…… 1년에 한 번씩 해외여행은 꼭 가고 싶어요. 그리고 한 달에 한 번 정도는 가족 회식을 하며 자식들 얼굴도 자주 보고 싶고, 노년에는 좋은 차 타고 좋은 옷도 입으면서 인생을 즐겼으면 좋겠습니다. 그리고 부모님 말년에 호강시켜 드리는 건 자식된 도리죠.

영업인 : 아, 그러시군요. 말씀하신 해외여행, 외식, 고급 생활 등 키워드를 간략하게 적어주세요. 그리고 제가 방금 설명드린 생애주기를 고려하여 고객님 인생에서 중요한 경조사나 집안 행사에는 어떤 것들이 있을까요?

고　객: 음, 애들 크면 넓은 집으로 이사 가야겠고, 자식 2명 대학교 졸업도 시키고 결혼도 시켜줘야겠죠. 여력이 된다면 자식들 결혼할 때 집 마련에 밑천이라도 보태고 싶네요.

영업인: 말씀하신 '자녀 학자금, 주택 마련, 자녀 밑천 지원'등 키워드를 적어주세요.

고　객: 막연하게 생각만 했는데 적으며 정리하다 보니 정말 많은 준비가 필요하겠는데요?

영업인: 그렇죠? 적어나가다 보면 생각지 못했던 일들을 좀 더 구체적으로 계획하실 수 있을 거예요. 고객님께서 적으신 각 계획들에 필요한 예상 금액들도 옆에 적어주세요.

고　객: 주택마련-2억, 자녀 교육 및 학자금-1억, 자녀 결혼 및 밑천 지원-1억, 해외여행-5천, 노후생활-2억, 부모님 병원비 및 효도-5천…… 이야~ 적다 보니 7억이나 필요하네요!

영업인: 그렇죠? 고객님께서 직접 계획하며 적으신 7억이란 자금, 준비는 잘되고 계신가요?

고　객: 부끄럽지만 구체적인 대책에 대해 생각해본 적이 없네요.

영업인: 네! 그렇다면 제가 고객님이 꼭 필요하신 7억을 준비하는 데 도움이 될 3가지 정도 상품을 권해드리겠습니다. (-설명 중략-) 고객님 어떠세요? 3가지 상품과 장단점에 대해 설명드렸는데 이 중에서 고객님께 가장 적합한 상품을 골라주세요!

고   객: 음, A는 매달 납입 금액이 부담스럽고, B는 기간이 너무 길고 해약 시 원금 손실이 클 것 같네요. 전 비과세 혜택도 있고 복리 금리가 적용되는 C가 좋을 것 같습니다. (종이에 C에 동그라미를 치며)

영업인: 역시 현명하십니다. 제가 생각해도 고객님께서 선택하신 C상품이 고객님의 재정 상황과 고객님의 노후 인생 계획을 고려했을 때 가장 적합한 상품인 것 같습니다.

이렇게 고객과 주거니 받거니 대화를 하거나 종이에 적어가며 상담하는 것은 영업인이 일방적으로 상품에 대해 설명하는 것보다 많은 시간과 노력이 필요하다. 그럼에도 불구하고 필자는 왜 이런 방식을 고수하는 것일까?

첫째, 사람들은 자신의 선택에 의한 구매에 대해 합리적이었다고 정당화 하려는 경향이 있다. 반면 영업인의 일방적인 권유로 구매를 결정한 경우라면 마지못해 구매했다는 찜찜한 느낌을 받게 된다. 그로 인해 작은 불편에도 큰 불만을 느낄 것이고 해약하거나 불만을 제기할 가능성이 높다. 반면에 영업인과 함께 대화를 주고받으며 직접 필요성을 느낀 후 구매 결정에 도달한 경우에는 자신의 선택이기에 남 탓(영업인 탓)을 하지 않게 된다. 따라서 계약에 따른 고객의 구매 만족도가 높다.

둘째, 고객이 대화에 적극적으로 참여하면 영업인의 설명에 더욱 집중하는 효과가 있다. 영업인이 일방적으로 말하면 고객의 니즈를 체크하지 못하기에 고객의 관심사와는 동떨어진 이야기만 하게 될 수 있다. 그로 인해 고객은 지루함을 느끼고 영업인의 설명 또한 제대로 전달될 리 없다. 반면 적어가며 주거니 받거니 대화하면 고객의 관심도가 높아지게 된다. 셋째, 영업인의 유도 질문에 따라 백지를 채워나가는 동안 고객은 그 백지에 적은 내용들을 자신의 생각이라 확신하게 된다. 아무리 좋은 상품이라도 타인이 지속적으로 권유하면 의심하게 되지만 자신이 적어가며 도출한 결론이 '구매'라면 클로징 단계에서 결정에 망설임이 적을 것이다.

넷째, 백지에 적음으로써 가시화 되고 가시화됨에 따라 잠재된 니즈를 분명하게 인지할 수 있다. 평상시에 자신의 생각을 일목요연하게 정리해두고 사는 사람은 드물다. 소비생활에서도 마찬가지다. 어떤 상품을 언제, 어느 정도의 비용을 들여서 구매하는 것이 합리적인지 정리해두는 사람은 드물다.

따라서 영업인을 만나 한 번의 대화만으로 갑작스럽게 구매할 확률 또한 적다. 때문에 우리는 고객들과 함께 고민하는 시간을 가지며 고객의 생각을 정리하고 가시화해서 구매 결정 시간을 줄여야 한다.

다섯째, 고객에게 신뢰를 줄 수 있다. 일부 고객은 상담 중 영업인이

하는 말 중에 과장이나 거짓말이 있을 수 있다고 생각한다. 하지만 영업인과의 대화 내용을 기록해둔다면 고객의 입장에서는 보증서가 되는 것이다. "제가 말씀드린 내용과 고객님의 생각이 이 종이에 다 기록되어 있어요. 제 말에 대한 보증서니까 꼭 가지고 계세요"라고 말하며 뒷장에 사인을 해 주면 고객은 안심함과 동시에 영업인의 재치 있는 애교에 귀엽다는 반응을 보일 것이다.

2가지 사례와 5가지 원리를 통해 고객과 함께 적어가며 대화를 해야 하는 필요성을 느꼈을 것이다. 구매 결정을 미루는 고객, 의사소통이 원활히 되지 않는 고객, 자신의 주장이 강한 고객들에게 특히 이러한 영업 방식은 확실히 도움이 될 것이다. 바로 시도해보길 권한다.

반면 주의사항이 있다면 성격이 급한 고객 또는 시간이 부족한 고객들에게 이러한 방식은 역효과가 있을 수 있다는 점이다. 또한 이미 구매에 대한 의지가 강한 고객 또는 영업인이나 회사에 대한 신뢰가 큰 고객에게는 군이 이런 방식을 거치지 않고 판매해도 된다. 상황과 고객의 성향에 맞게 적절하게 활용하면 실적 증진에 도움이 될 것이라 믿는다.

knowhow 02 :

눌변도 달변을 이길 수 있다

사람에게 다가서는 지름길은 그들에게 혀를 내미는 것이 아닌, 귀를 내미는 것이다.
내가 상대방에게 어떤 달콤한 말을 한다 해도, 상대방 입장에서는 자기가 말하고 싶어 하는
얘기의 절반만큼도 흥미롭지 않은 법이다.
-도로시 딕스-

간혹 자신은 말주변이 없고 숫기가 없어서
영업을 잘 못한다고 상심하는 영업인들이 있다. 그러나 청산유수처럼
말은 잘하지만 고객에게 신뢰를 주지 못하는 영업인보다는 다소 말은
못해도 듬직한 영업인이 시간이 지날수록 더 빛나기 마련이다. 심지
어 어떤 고객들은 숫기 없거나 어수룩한 영업인을 더 선호하기도 한
다. 왜냐면 때 묻지 않아 적어도 자신을 속이지는 않을 것이라는 판단
때문이다.

물론 선천적으로 유쾌하고 말도 잘하면서 신뢰를 줄 수 있는 영업
인이라면 영업이 수월한 것은 사실이다. 하지만 말주변이 없고, 숫기
없는 영업인도 고객에게 큰 만족을 줄 수 있다. 고객의 말을 잘 경청

해주고 호응해주며 맞장구쳐줘라. 고객은 당신을 통하는 사람이라 생각하게 될 것이다.

　사람들은 자신이 알고 있는 것, 자신이 좋아하는 것에 대해 말할 때 그리고 그 말에 공감을 받을 때 매우 큰 카타르시스를 느낀다. 고객도 마찬가지다. 어떤 고객이라도 평소에 하지 못했던 마음속의 말을 잘 들어준다면 그의 가족보다 더 깊은 공감대가 형성될 것이다. 이렇게 공감대가 형성된 후 영업을 하면 영업인의 말에 관심을 가지고 경청해줄 것이다. 그렇다면 달변이 아닌 경청을 통해 영업을 잘하는 방법에 대해 함께 알아보자.

　첫째, 상대의 관심사를 파악하는 것이다. 대부분의 사람들은 자신의 관심사를 말할 때 격양되기 마련이다. 상대의 대화 속에서 여러 번 언급되는 단어 또는 상대가 말할 때 표정이 상기되고 음성이 높아지는 단어가 무엇인지를 잘 관찰해보자. 그리고 그 관심사에 본인도 크게 관심 있다며 호응하면 고객은 더 상세히 말할 것이다. 그 후 고객의 관심사 속에서 상품을 효과적으로 팔 수 있는 힌트를 얻을 수 있다.

　가령 당신이 판매하는 상품이 '상해보험'이라 가정해보자. 만약 고객의 관심사가 여행과 레저라면 여행 중에 일어날 수 있는 사고의 위험성과 상품의 필요성을 연관시키는 것이 고객에게 더 와 닿을 것이다. 만약 고객이 가정적인 사람이라면, 고객이 사고가 났을 때 가족들이 겪게 될 경제적, 심리적 고통에 대해 언급함으로써 고객 스스로 상품의 필요성을 느끼게 하는 것이다.

　둘째, 적절한 타이밍에 추임새를 넣어주는 것이다. 추임새는 판소리에서 창자의 흥을 돋우기 위해 '좋다, 좋지, 얼씨구, 얼쑤' 등의 감탄사를 칭하는 것이다. 이러한 추임새가 있어 창자가 좀 더 신명나게 창을 할 수 있게 되고 창이 맛깔나게 완성되는 것이다. 고객과의 대화도 그렇다. 고객이 '자신의 이야기'를 할 때 고객의 감정 몰입도와 대화의 중요성에 따라 강, 중간, 약 등의 강세를 주고 추임새를 넣어준다.

"아, 정말요? 그러셨구나, 대단하시네요, 음……, 그렇죠, 맞아요, 저라도 그랬을 거예요, 많이 힘드셨죠? 맞습니다, 지당하십니다, 에고……" 등 상황에 맞는 적절한 추임새를 함으로써 고객의 말을 잘 듣고 있음과 고객의 말에 깊게 공감하고 있음을 표현하는 것이다. 이는 고객이 좀 더 흥이 나 자신의 이야기를 많이 하도록 만드는 효과가 있다. 이러한 대화를 통해 얻게 된 고객의 사적인 이야기들은 영업에 중요하게 활용될 수 있다.

가령 고객이 자신이 청년기에 가난 때문에 고생했던 이야기를 했다면, 그때 느꼈을 상처를 보듬어주고, 그러한 역경들을 이겨내 마침내 성공하셨음에 존경을 표함으로써 공감대를 형성하는 것이다. 그리고 '그때 겪었던 고생을 현재 자식들은 겪지 않게 하기 위해 이러한 상품이 필요하다'는 식으로 상품의 필요성과 고객의 사연을 연결하는 것이다. 또는 고객의 자식이 서울대학교에 최연소로 졸업해서 삼성에 입사했고, 딸도 검사와 결혼했다는 등의 자식 자랑을 했다면 "우와, 아드님이 대단하시네요. 삼수를 해도 합격하기 힘든 서울대를 최연소로 졸업하시다니. 고객님처럼 자녀분들도 대단하십니다. 게다가 법조계 사위라니. 제가 올해 만난 분들 중에 고객님이 제일 행복해보이십니다"라는 식의 칭찬과 부러움을 표해 고객을 기쁘게 해준다. 그 후 "우리나라 최고 대학을 졸업하시고 최고의 회사에 입사하신 아드님과 법조계 사위님이면 연봉이 대단하실 텐데 고객님께 합당한 올해 신상 한번 소개 드리겠습니다. 이 상품은 아무나 구매하기 어렵습니다. 고객님처럼 상위 1%의 분들께만 특별히 권해드리는 최고급 상품입니다"라는 식으로 고객의 자존감을 높여서 고가의 상품을 판매할 수도 있다.

셋째, 고객의 희로애락에 맞춰 표정과 제스처 그리고 말투 등으로 희로애락을 표현한다. 고객이 기쁜 이야기를 하면 자신의 일인 것처럼 함께 기뻐하고, 고객이 슬픈 이야기를 하면 함께 슬퍼해주는 것이다. 장기간의 계약을 요하는 거래에 있어서 고객이 영업인을 볼 때 '이 영업인이 나와 인생을 함께할 수 있는 사람인가'라는 점을 가장 진지하게 따져본다고 한다. 때문에 고객의 기쁨과 슬픔 등의 경조사에 가장 먼저 찾아와 함께 해줄 수 있는 사람이라는 것을 경청과 공감을 통해 어필하는 것이다.

위에 살펴본 3가지 방법 외에도 고객의 이야기를 잘 경청할 수 있는 방법은 다양하다. 혹시 말 주변이 없어서 영업이 안 된다고 생각하는 영업인이 있다면, 억지로 말수를 늘릴 것이 아니라 좀 더 고객의 이야기를 경청해보자. 고객의 마음을 얻을 기회와 고객 공략 포인트를 발견할 수 있을 것이다.

knowhow 03 ⋮
메타 메시지의 중요성

침묵도 하나의 대답이다. 웅변의 침묵도 있을 수 있다.
-탈무드-

'meta language'라는 단어의 메타meta는 뒤에after라는 뜻을 가진 그리스어이다. 언어 다음의 언어 즉, 언어 외의 언어를 뜻한다. 메타 메시지를 쉽게 말하자면 톤, 표정, 말의 속도, 억양, 어조, 안색, 느낌, 떨림, 침묵, 뉘앙스, 아우라, 제스처 등의 비언어적인 메시지들을 뜻한다.

미국의 한 언어학회의 연구 결과에 따르면 실제로 언어가 의사소통에 미치는 영향은 10% 미만에 불과하다고 한다. 나머지 90% 이상이 바로 메타 메시지를 통해 상대에게 전달된다는 것이다. 말투나 표정을 볼 수 없는 '문자'로 대화했을 때 오해가 빈번히 발생했던 경험을 돌아보면 언어만으로는 의사가 제대로 전달되지 않는다는 것에 공감할 수 있을 것이다.

필자는 이러한 메타 메시지의 효력을 필자의 반려견인 레오를 통해 실험해보았다. "야, 이 개호로 녀석아!"라는 말을 자장가 같이 부드러운 말투로 말하며 머리를 쓰다듬어주니 꼬리를 흔들며 좋아했다. 반대로 "사랑해, 레오야. 에고 우리 레오 예쁘다!"라는 다정한 말을 화나고 짜증난 말투와 표정으로 격하게 하니 레오는 그르렁거렸다. 언어 자체보다 말할 때 전달되는 느낌이 더 중요하다는 것을 이 실험을 통해서도 알 수 있었다.

고객도 마찬가지다. 아무리 청산유수 같은 달변으로 듣기 좋은 말을 해도 메타 메시지 속에 진심이 전달되지 않으면 고객은 절대 감동할 수 없다. 때문에 자신의 생각을 고객에게 잘 전하고 고객을 클로징 단계로 잘 이끌어가기 위해서는 메타 메시지에 신경 써야 할 것이다.

영업인들의 상담을 관찰하다 보면 말과 표정이 상반되는 경우를 볼 수 있을 것이다. 말은 간, 쓸개까지 빼줄 것처럼 고객을 위하는 듯하지만, 눈빛은 흔들리고 말투는 급하며 다리를 떨고 있다면 고객이 과연 이 영업인을 믿고 거래할 수 있을까? 누가 봐도 상품을 빨리 팔아넘기려 안달한 사기꾼처럼 보일 것이다.

고객의 신뢰를 받기 위해서는 말을 잘하기보다는 차라리 눌변일지라도 눈빛이 깊고 진정성 있는 편이 더 낫다. 고객의 눈을 깊게 응시하며 경청해주고 진중한 표정과 사려 깊은 말투로 고객의 고민을 상담해준다면 고객은 자신을 위해준다는 느낌을 더 받을 것이다. 그리고 때로는 침묵이 달변보다 좋을 때가 많다. 고객이 심각한 이야기를 할 때나 고객의 숨은 뜻을 잘 파악하지 못했을 때 함부로 말을 던지는 것은 어리석은 짓이다. 차라리 한 템포 쉬어간다는 듯 침묵하는 것이 고객의 신뢰를 더 받을 수 있는 길이다.

신뢰할 수 있는 메타 메시지 대화법을 연구하고 숙련시키자. 표정은 진실 되게, 눈빛은 깊고 진중하게, 말투는 다소 느리게 해보자. 그리고 대화 중 고개를 끄덕이거나 살며시 웃음으로 공감을 표할 수도 있다. 또한 전문가적이고 신뢰 가는 분위기를 연출하기 위해 질 좋은 정장을 입고 이미지를 단정히 하자. 무엇보다도 자신에게 어울리는 이미지와 메타 메시지 대화법을 만드는 것이 가장 중요할 것이다.

이번 장에서는 메타 메시지의 중요성에 대해서 이야기해 보았다. 말은 잘하는데 고객들이 떠나가고 있다면 자신의 메타 메시지를 잘 체크해보자. 말과 메타 메시지가 하나로 일치되어 고객을 위할 때 비로소 고객의 마음을 얻을 수 있을 것이다.

knowhow 04 :

다른 영업인의 고객이 되라

他山之石(타산지석)
다른 산의 나쁜 돌이라도 숫돌로 쓰면 자기의 옥을 갈 수가 있으므로,
다른 사람의 하찮은 언행이라도 자기의 지덕을 닦는데 도움이 됨을 비유함.
-《시경(詩經)》-

　　　　　　　　　고객을 확보해야 할 영업인에게 다른 영업
인의 고객이 되라니 의아할 것이다. 하지만 필자는 그동안 고객을 만
나는 횟수 못지않게 많은 영업인들을 만나 왔다. 여러분도 조금만 주
변을 살펴보면 일상 속에서 다양한 영업인들과 접촉할 기회가 있을
것이다.

　영업은 통제되고 계획된 상황 속에서 수동적으로 하는 일이 아니
다. 수많은 변수 속에서 다양한 성향과 니즈를 가진 고객을 만나 응대
해야 하는 직무이다. 때문에 임기응변, 친화력, 설득력, 화술, 처세술,
끈기 그리고 관찰력 등 다양한 능력들이 요구된다. 하지만 나머지 역
량들도 모두 관찰력을 바탕으로 시작된다.

다양한 유형의 고객들과 다양한 영업 방식들을 관찰하는 것이 선행되어야 비로소 올바른 처세와 임기응변을 할 수 있게 된다. 다른 영업인들이 고객을 대하는 모습을 제3자의 입장에서 관찰하고, 직접 고객의 입장이 되어 상담도 해보면서 그들의 노하우를 얻는 것이다. 우리 주변을 한번 둘러보자.

길을 걷던 중 팔목을 잡으며 상담을 권하는 휴대폰 판매원을 본 적이 있을 것이다. 얼마나 많은 호객 행위를 시도하여 한 명의 상담 고객을 확보하게 되는지를 관찰해보면 그들에게 끈기와 인내심을 배울 수 있을 것이다. 그리고 무관심한 행인들을 상담 테이블로 유인하기 위해 고안해낸 기발한 판촉 아이디어들도 벤치마킹할 수 있다. 또한 고객을 파악하고 맞춤형으로 대응하는 처세도 배울 수 있다. 그들은 상품에 대한 고객의 인지 정도와 구매의 절실함 그리고 신중성 등을 파악한 후 해당 고객에게 적합한 가격 정책과 약정을 제안한다. 사은품을 받으러 갔던 고객이 전혀 계획에 없던 새로운 폰을 구매하고 있는 모습을 발견할 수도 있을 것이다.

마트에 가면 쇼핑 중 시식을 권유하는 식료품 판촉 사원도 보게 된다. 엄마를 따라온 아이들에게 군만두를 주며 마음껏 먹으라고 말하면 아이들은 몇 개씩 집어먹는다. 그러면 판매 사원은 미안해하는 엄마의 손에 만두 팩을 쥐어주면서 "군만두뿐만 아니라 만두국과 만두볶음도 아이들과 남편 반찬으로 좋아요"라며 고객의 상차림 정보도 알려준다. 그리고 행사 상품이라 저렴하게 살 수 있다는 점도 어필한다. 구매를 망설이는 우유부단한 고객이 있다면 냉동고에서 만두를 꺼내어 쇼핑 카트에 넣어주며 과감하게 결정을 촉구하기도 한다.

미용실에서 기존의 예정 지출 비용의 10배가 넘는 프리미엄 회원권을 구매하게 만드는 코디를 만나봤을 것이다. '직장인 5천 원 할인'이라는 현수막으로 고객들을 유인한 후 상담을 통해 탈모에 대한 걱정을 캐치하고 증폭시킨다. 결국 5천 원 싸게 이발하려던 고객에게 15만 원 상당의 두피 케어를 받게 하는 영업력을 볼 수 있다. 그리고 VIP 회원이 오면 몇 주 전에 했던 사소한 이야기까지 기억해내어 대화를 이어가고 그 고객이 좋아했던 커피와 잡지를 가져다주며, 취향에 맞춰 스타일까지 권하는 세심한 고객 관리법은 우리가 꼭 배워야 할 것이다. 또한 대기자가 많을 때 미용실 영업인은 어김없이 고객의 코트를 받아 사물함에 넣어 준다. 그리고 우선 가운을 착용하게 한 후 대기시킨다. 소위 말해 한 발을 담그게 하여 빼기 힘들게 하는 영업 전략인 것이다. 그리하여 가운을 입지 않았다면 벌써 다른 미용실로 갔을 고객이 1시간이나 대기한 후에 파마를 하게 된다. 이처럼 동네 미용실에서도 많은 영업 노하우들을 배울 수 있다.

매달 사무실에 필터 관리를 하러 오는 정수기 영업인도 있다. 정수기 관리를 하면서 사무실 직원들과 친해진 후 공기청정기와 반신욕기기까지 확장 판매를 해내는 영업인도 있다. 심지어 부장님의 소개로 위층 사무실과 그 사무실 소속 직원의 가정에까지 정수기 판매를 해내는 관계 확장력을 보면 정말 본받아야 할 영업 고수들이 많다는 것을 새삼 느낀다.

이들 외에도 다양한 방법으로 영업을 펼치는 고수들을 주변에서 만날 수 있다. 필자는 시간이 허락하는 한 마주치는 모든 영업인에게 눈과 귀를 열고 그들의 태도와 멘트 그리고 표정까지 세심히 관찰한다. 어떤 분에게는 감탄할 정도로 배울 점이 많은 반면 어떤 분에게는 반면교사의 교훈을 얻을 수 있다. 자신만의 영업법을 고집하고 맹신하기보다는 다양한 유형의 영업인을 관찰하고 벤치마킹함으로써 영업의 질과 효율성을 업그레이드해보자.

knowhow 05 :

역지사지해 봤는가?

남이 나를 알아주지 않는다고 불평치 말고 내가 남을 알지 못함을 걱정하라.
-공자-

영업을 하다 보면 마음이 여린 분들은 상처를 자주 받곤 한다. 하지만 우리는 끊임없이 사람들에게 접근하여 신뢰를 형성하고 판매를 완수해야 한다. 그 방식이 돌발 방문이든 콜드콜cold-call이든 아니면 낯선 사람에게 다가가 상품을 팔아야 하는 것이든 모두 영업인들의 임무이자 숙명이다. 하지만 안타깝게도 사람들은 영업인의 접근을 탐탁지 않게 여긴다.

먹고살기도 빠듯한 삭막한 세상이다 보니 누군가와의 만남은 피곤한 일로 여겨지곤 한다. 이런 추세의 일환으로 사생활과 개인 시간에 대한 침해는 매우 거북하게 여겨지곤 한다. 그래서 정말 친한 친구가 아닌 이상 만남보다는 혼자만의 시간을 선호하는 사람들이 늘었다.

그런데 영업인은 그들에게 친구처럼 달가운 존재가 아니다. 그렇다고 만나서 즐거움을 얻거나 함께 무엇인가를 할 수 있는 존재도 아니다. 또한 만나서 무엇인가를 얻거나 배울 수 있는 유익한 존재도 아니다. 오히려 자신에게 구매하라는 부담감을 주는 존재로 느껴지기에 백해무익한 존재로 여겨지는 것이 현실이다. 때문에 어떤 사람은 자신의 시간과 에너지를 뺏기기 싫어서 영업인을 무시하기도 하고 어떤 사람은 대놓고 거절하기도 하며 또 어떤 사람은 피할 것이다. 또 어떤 사람은 건성으로 듣고 얼른 보낼 것이다. 또 어떤 사람은 철옹성 같은 방어벽을 칠 것이다. 심한 경우는 욕을 하거나 화를 내기도 한다. 이런 대접이 영업인들의 가슴에 비수로 꽂히는 때도 있다.

그러나 영업인 자신이 고객의 입장에서 깊게 역지사지해 본 적은 없을 것이다. 고객의 상황을 좀 더 실감나게 이해하기 위해 몇 가지 가상 상황 속에서 고객의 입장으로 감정이입을 해보자.

여러분이 상사에게 혼난 날을 생각해보자. 실적 문제로 안 그래도 심란한데 상사와의 갈등으로 스트레스가 머리끝까지 쌓였다. 집에 돌아와 보니 아내는 생활비 투정을 한다. 한참 잔소리를 듣고 침대에 누워 잠을 청해본다. 회사에 있을 때는 피곤해서 당장이라도 쓰러질 것 같더니 막상 침대에 누우니 온갖 잡념들로 잠도 안 온다. 누워서 이리저리 뒤척이며 힘겹게 잠을 청하다 1시간 뒤 겨우 잠이 들었다. 그런데 바로 이때 휴대전화가 울린다. 겨우 잠들었는데 잠을 깨우니 짜증이 버럭 났다. 안 받을까 하다가 거래처 전화일 수도 있어서 받았다. 그러나 수화기 속에서 꿈결처럼 들리는 소리는 "안녕하세요, 고객님. ○○생명입니다." 뚜껑이 열리는 순간이다. 화가 나지 않을 수 있겠는가? 당신은 최근 한 달 동안 쌓인 스트레스, 하루 종일 불쾌했던 감정 그리고 겨우 든 단잠을 깨운 것에 대한 분노를 응집해 그 영업사원에게 분출해버렸다. 한참을 욕을 해도 분이 풀리지 않아 전화를 끊어 버린다.

또 다른 경우를 가정해보자. 당신은 장거리 연애를 하고 있다. 이번에 맡은 프로젝트로 바빠서 한 달 만에 여자 친구의 자취방을 찾았다. 둘은 만나자마자 온갖 애무와 사랑을 표현하며 침대에 누웠다. 서서히 달아오르다 클라이맥스에 달했다. 그때 초인종 소리가 들린다. '우리 집에 올 사람 없는데? 설마 엄마 내려오신 거 아냐?' 놀란 당신은 팬티 차림으로 베란다 창고에 들어가 숨었고 여자 친구는 속옷을 추려 입고 현관을 나섰다.

그런데 문을 열고 보니 "안녕하세요. ○○학습지입니다." 여자 친구는 짜증과 불쾌한 감정을 실어 "우리 집에 애 안 키우거든요! 왜 남집 벨을 함부로 눌러요"라고 화를 내며 문을 쾅 닫고 들어와 당신에게 사실을 말한다. 당신은 퓨즈가 끊겼다. 팬티 차림으로 뛰쳐나가서 영업인을 따라 한 층 아래까지 뛰어내려가 욕을 퍼붓는다.

물론 사람의 인격이나 상황에 따라서 거부감의 표현 방식이나 정도는 상이할 것이다. 최악의 상황을 상상하여 적은 것이라 이런 경우들은 드물겠지만, 충분히 있을 수 있는 일이고 고객의 입장을 좀 더 실감나게 이해할 수 있었을 것이다.

필자도 비슷한 경험이 있다. 제약 영업 신입사원 시절 한 병원에 거래를 개척하기 위해 지속적으로 방문하고 있었다. 하지만 원장님이 너무 바쁜 관계로 만날 수가 없었다. 고심 끝에 직원들만 입장 가능한 구내식당에 과감히 들어가 원장님께 명함과 음료수를 드리면서 인사했다. 원장님은 "신입이 인상도 좋고 패기가 대단하네!" 원장님은 여기까지 찾아온 영업인은 처음 본다며 패기를 칭찬해주셨다. 그러면서 자주 와서 식사도 하고 가라 하셨다.

그렇게 그 다음 주에도 구내식당에 방문하여 1분 정도 제품 설명을 하려 했다. 하지만 이번에는 "왜 이렇게 자주 오냐"며 역정을 내셨다. 간호사에게 이야기를 들어보니 그날 아침부터 큰 수술을 연달아 한데다가 점심도 10분 만에 먹고 또 다른 수술을 하러 가는 중이었다고 했다. 밥도 제대로 못 먹고 과로로 예민한 상황인데 영업사원이 약 디테일을 하러 접근하니 얼마나 짜증이 났겠는가? 만약 필자가 원장에게 다가가기 전에 간호사들에게 오늘 병원 상황이나 원장님의 컨디션에 대해 미리 알아보고 갔다면 좀 더 수월하게 영업을 완수했을 것이다.

고객도 사람이기에 똑같은 행동을 해도 자신의 상황과 기분에 따라서 반응이 전혀 다를 수 있다. 이 점을 이해해야 고객을 배려할 수 있고 자신도 상처 받지 않을 수 있다. 고객의 입장에서 생각하자. 그러기 위해 고객의 상황에 대해 관심을 많이 가져야 한다.

몇 가지 당부를 하며 이번 장을 마무리하려 한다. 고객은 당신에게 화가 난 것이 아니다. 단지 지금 상황에 짜증이 난 것일 뿐이다. 고객은 당신의 존재를 거절하는 것이 아니다. 단지 당신이 파는 상품을 거절하는 것이다. 영업인의 입장에서 상처만 받지 말고, 고객의 입장에서 이해하고 다시 시도해보자.

knowhow 06 ⋮

고객을 움직이는 질문법

나는 그 어떤 경우에도 이야기를 나누는 것만으로 배우지 않았다.
내 모든 배움은 그 대화 중 질문을 던지면서 비로소 시작되었다.
-루 홀츠-

어느 신입사원에게 한 임원이 "회사 생활은
어떤가? 할 만한가?"라는 질문을 했다. 언뜻 보기에는 사원의 기분까
지 물어봐주고 배려해주는 열린 회사처럼 보일 수도 있다. 하지만 회
장 아들이 아닌 이상 "회사 생활하기 너무 ×같아서 못해먹겠습니다"
라고 말하는 정신 나간 사람은 없을 것이다. 대부분 "네, 그렇습니다.
열심히 하겠습니다"라고 대답하기 마련이다. 이미 정해진 답을 묻는
것에 불과한 질문인 것이었다. 이와 같은 질문법을 '닫힌 질문'이라고
한다. '닫힌 질문'은 "예 또는 아니오" 둘 중 양자택일하도록 묻는 질
문법이다. 가령 "현금으로 결제하시겠습니까, 카드로 하시겠습니까?",
"가격이 중요합니까, 품질이 중요합니까?", "구매하시겠습니까?" 등

의 질문이 될 수 있다. 이런 질문은 대답을 해야 하는 사람이 선택할 수 있는 폭이 적고 대답에 화자의 의견이 자세히 반영될 수 없다. 때문에 고객과 대화할 때는 적절하지 못하다.

하지만 많은 영업인들이 고객들에게 습관처럼 '닫힌 질문'을 하고 있다. 사실 필자도 영업 초창기 때 고객과 마주하면 마땅히 할 말도 없고 쑥스러울 때 습관처럼 "요즘에 별일 없으시죠? 한 주 동안 잘 지내셨습니까?" 등의 의미 없는 질문을 하곤 했다. 고객의 대답은 언제나 "그럼요, 우찬 씨도 별일 없으시죠?"에 머물렀다.

적절한 상품을 판매하기 위해 고객에 대한 정보를 많이 파악해야 하는 영업인의 입장에서 소득이 없는 질문만 했던 것이다. 이런 형식적인 질문을 별로 반기지 않는 고객도 있다. 고객과 대화를 할 때는 고객의 생각, 가치관, 일상, 성향, 취미생활, 소비생활 등 자신에 대한 이야기를 많이 하도록 해야 한다. 이러한 정보를 바탕으로 고객의 성향과 생활 패턴에 맞는 상품을 권하고, 고객이 싫어할 만한 실수도 피할 수 있는 것이다.

고객과 대화할 때는 열린 질문으로 물어보자. 가령 "고객님 이 상품에 대해 어떻게 생각하세요?", "여행가는 걸 좋아한다고 하셨는데, 어떤 이유 때문에 그러세요?", "기존에 사용하시던 제품은 어떤 점이 불편하셨어요?", "여가시간 동안은 주로 뭐하고 지내세요?", "자동차를 보실 때 주로 어떤 점을 중요하게 생각하세요?", "azole계 향진균제를 루틴으로 처방하시는 이유를 여쭤 봐도 될까요?", "결제하실 때 주로 어떤 방식을 선호하세요?"라는 식으로 질문할 수 있다.

반면에 클로징 단계에서는 예외적으로 '닫힌 질문'이 좋은 경우가 많다. '열린 질문'은 범위가 넓기 때문에 고객의 구매 결정을 이끌기 쉽지 않다. 고객이 가질 수 있는 선택의 폭이 넓어지면 오히려 구매를 망설이게 되기 때문에 고객의 선택의 폭을 제한하는 '닫힌 질문'으로 선택하게 한다.

위에 말했듯이 "고객님 초미세 먼지까지 잡아주는 브라보 공기청정기 어떻게 생각하세요?"라는 '열린 질문'에는 답변이 다양하다. 고객이 자유롭게 생각하다 보면 장점뿐만 아니라 단점에 대해서도 많은 생각을 하기 마련이다. 이럴 때는 고객의 사고를 영업인이 만든 틀과 범위에 가두어야 한다. "고객님 저희 브라보 공기청정기는 L사의 알파 공기청정기가 잡지 못하는 초미세먼지까지 필터할 수 있습니다. 가격도 비슷하다면, 고객님 알파를 선택하시겠습니까? 베타를 선택하시겠습니까?"또는 설명을 마친 후 "고객님 구매하시겠습니까?"라는 식으로 고객에게 '양자택일'또는 'YES or NO'의 좁은 범위에서 선택하게 만드는 것이다. 그러면 클로징 성공률이 높아질 것이다.

고객과 대화할 때는 '열린 질문'을 통해 고객에 대한 정보를 파악하고 클로징 단계에서는 '닫힌 질문'으로 고객의 결정을 YES로 유도하자.

6

확률
영업은
확률 게임이다

BUSINESS
KNOWHOW

호랑이 굴로 돌진하라

不入虎穴不得虎子(불입호혈부득호자)
호랑이 굴에 들어가지 않고는 호랑이 새끼를 잡을 수 없다.
-《후한서(後漢書)》-

　　　　　　　　　　'호랑이를 잡으려면 호랑이 굴에 들어가라'는 속담에는 영업의 중요한 교훈이 숨어 있다. 사람들이 호랑이를 제대로 잡지 못하는 이유는 호랑이 굴을 어디서 찾아야 할지 모르거나 찾았더라도 두려움이나 실행 부족으로 굴에 쉽사리 뛰어들지 못하기 때문이다. 영업인에게 호랑이는 고객이라면, 실적 정체의 이유는 호랑이 굴속에 들어가지 못하기 때문이라는 말로 이번 장을 시작하려 한다.

　　영업인은 자신의 상품을 구매할 잠재 고객을 만나기 힘들다는 고질적인 문제를 안고 산다. 이번 달은 운이 좋아서 또는 지인들의 도움으로 높은 실적을 얻었을지라도, 다음 달 또는 다음 해까지 그 실적을 유지하기란 녹록치 않다. 컨설팅 영업의 경우 회사에서 고객 DB를 제공하거나 고객들과 미팅을 주선하기도 한다. 그리고 가구나 가전제품 등의 영업도 고객들이 매장으로 찾아와서 판매가 이루어지기도 한다. 하지만 대다수의 영업인들에게는 잠재 고객을 직접 발굴하고 찾아가서 판매를 완수해야 한다는 과제가 주어진다. 때문에 감성과 화술 그리고 설득력과 협상력 등의 능력보다 중요한 것이 잠재 고객을 발굴하여 협상 테이블에 앉히는 과정이라 생각한다. 일단 구매할 잠재 고객을 만나야 설득도 시작해볼 수 있지 않겠는가?

아무리 영업력이 뛰어난 영업인도 잠재 고객 풀이 고갈되면 실적 유지가 어려운 반면, 다소 영업력이 부족한 영업인이라도 지속적으로 많은 수의 잠재 고객을 만날 수만 있다면 낮은 계약 성공률을 고객과의 미팅 횟수로 만회할 수 있다. 때문에 영업인들은 잠재 고객을 찾는 데 70% 이상의 에너지를 집중시켜야 한다. 이 넓은 세상에 살고 있는 수많은 사람들 중에 나의 상품을 사줄 고객을 찾기란 사막에서 바늘 찾기처럼 막연하고 힘든 과제처럼 느껴질 것이다. 하지만 판매할 상품의 특성과 그 상품이 필요할 잠재 고객의 특성을 고민하다 보면, 그들이 많이 분포할 장소(호랑이 굴)를 찾아낼 수 있을 것이고 그곳에 가게 되면 영업 성공률을 높일 수 있을 것이다.

가령 어린이 동화 서적 판매 사원이 이태원 경리단길 행인들에게 막연히 접근하여 판매를 시도한다면 판매에 성공할 확률이 높겠는가? 물론 유동 인구는 많겠지만 대다수의 사람들이 놀러 나온 젊은 대학생일 가능성이 높기 때문에 판매 성공 확률이 낮을 수밖에 없다. 하지만 유치원 근처에서 자녀를 찾으러 오는 어머니들에게 영업하면 판매 성공 확률이 좀 더 높아질 것이다. 또는 육아 정보를 공유하는 동호회나 카페 등에서 활동하며 학부모들과 자연스레 접할 수 있는 기회를 만들 수도 있다. 좀 더 고객 범위를 넓히면, 유치원이나 학원 등 교육기관의 실무진을 만나 동화책의 대량 판매 계약을 성사시킬 수도 있을 것이다. 또한 소아과 병원에 대기하는 어린이들이 읽을 동화책이 필요하다는 잠재 니즈를 원장에게 어필하여 판매를 성사시킬 수도 있을 것이다.

필자는 프랜차이즈 기업에서 가맹점 개설 영업을 한 적이 있다. 배치 받은 부서는 테이크아웃 신규 브랜드였다. 당시에 영업 계획은 물론이고 상호, 메뉴, 인테리어조차 준비되지 않은 상태였고 인지도는 제로에 가까웠다. 영업인들에게 주어진 임무는 새로운 메뉴에 대한 시장조사를 하고 브랜드를 기획함과 동시에 예비 창업자들을 발굴하여 영업을 해내는 것이었다. 당시 해당 브랜드 대표는 영업사원들에게 늘 '무에서 유'를 창조해내야만 한다고 말씀하셨는데 정말 그랬다고 해도 과언이 아니다.

영업을 하려면 판매할 상품이나 서비스의 존재가 명확히 존재해야 했지만, 모든 것들이 미완성 단계에서 영업을 시작해야 했다. 창업 성공 케이스도 아직 없는 신규 브랜드를, 아직 간판 디자인과 메뉴 조합조차 세팅되지 않은 상태에서 잠재 메뉴들과 매장을 그래픽으로 그린 브로슈어 하나만으로 예비 창업자들을 설득시켜야 했다.

예비 창업자들이 창업하기 위해서는 몇 백만 원이 아닌, 몇 억 단위의 투자금이 필요했고, 대부분 고객들은 평생 모은 돈과 퇴직금을 투자하는 장년층이 많았다. 때문에 그들은 창업에 지나칠 정도로 신중할 수밖에 없었다. 이런 고객들에게 실물이 아닌 그래픽으로 그려진 브로슈어를 들이대면서 영업했던 것은 지금 와서 생각해봐도 정말 무모했다. 설상가상으로 아직 가맹점이 없는 상황이라 창업 박람회에도 부스를 설치하지 못했다. 때문에 영업사원들은 맨땅에 헤딩하는 식으로 각 지역에 배치되어 창업자들을 구하는 현수막을 붙이고 기존 음식점이나 카페에 들어가 업종 변경을 권유하곤 했다.

하지만 필자는 호랑이를 잡으려면 엉뚱한 곳을 돌아다닐 것이 아니라 호랑이 굴속으로 뛰어들어가야 한다고 생각했다. 그래서 무모하게도 우리 회사 부스도 없는 창업 박람회에 예비 창업자인 것처럼 몰래 들어갔다. 그러고는 경쟁사의 부스 근처에서 창업 상담 과정을 관찰했다. 상담이 끝나고 나오는 예비 창업자들에게 접근하여 커피 한잔을 제안하며 대화할 시간을 얻어냈다. 요지는 이러했다. 비록 우리 회사 신규 브랜드가 입증된 성공 케이스는 부족하지만 훨씬 저렴한 비용에 창업할 수 있다는 점 그리고 경쟁사의 기존 브랜드는 이미 시장에서 식상하고 과포화되어 곧 쇠퇴기를 맞게 될 반면에 우리 신규 브랜드는 앞으로 무한 성장 가능성이 있다는 점을 어필했다. 또한 기존에 우리 회사가 성공시킨 다른 브랜드들을 보여주면서 회사에서 이번 신규 브랜드도 반드시 성공시키기 위해 집중 투자를 하고 있다는 점을 어필했다. 지금 초기 단계에 입성하는 것이 저렴한 비용으로 성공할 수 있는 기회라는 역발상으로 고객의 공감을 얻어냈다.

이미 타사의 부스에서 상담을 받던 사람들의 표정과 반응을 유심히 관찰했기에, 그냥 시식이나 할 겸 구경 나온 사람들과 창업이 절실한 사람을 구분할 수 있었다. 또한 타사 부스에서 상담을 받는 중 뭔가 불만이 있는 표정을 하고 있던 고객들에게 집중적으로 접근했다. 그래서 타사에서 만족하지 못한 점을 파악하여 대안책을 우리 회사 신규 브랜드에서 찾을 수 있다고 제시했다. 그리하여 가맹 계약서가 만들어지기도 전에 필자는 예비 창업자로부터 가계약서에 첫 사인을 얻어냈고 3번째 계약 역시 필자가 얻어냈다.

영업도 결국은 확률 싸움이다. 판매 성공 확률을 높이고 싶다면 자신이 판매하고 있는 상품을 구매할 수 있는 소비 능력과 구매 의사가 있는 사람들이 누구인지 심사숙고하자. 그리고 그 사람들이 어디에 모여 있을지 끊임없이 고민하자. 그 핫스팟을 찾아냈다면 망설이지 말고 돌진하라!

월척 확률은 낚싯대 수에 비례한다

이 지역엔 종합상사, 정유사, 선박회사 등 포춘지가 선정한 기업 1000개 중 60개 기업들이 있습니다. 그들의 연락처를 나눠줄 것입니다. 잠재 고객들한테 전화하고 그들과 점심을 먹든 애를 봐주든 수단과 방법을 가리지 말고 우리 상품을 알리세요. 고객을 낚아오면 요리는 우리가 할 겁니다. 이 전화번호부를 연봉 계약서로 바꿀 주인공은 바로 당신입니다.
간단했어요. 전화를 많이 걸면 걸수록 고객을 확보할 확률이 높아졌고, 고객이 늘어나는 만큼 회사의 수익도 늘어나죠.
-영화 <행복을 찾아서> 中-

낚싯대 하나로 낚시하는 박 씨 어부가 있다. 반면 통발 10개를 곳곳에 던져두고 낚싯대 5개와 그물 2개를 동원시켜 고기를 잡는 김 씨 어부도 있다. 누가 더 많은 고기를 잡을 수 있을까? 전자가 낚시의 신 강태공이 아닌 이상 동일한 시간과 장소에서 낚시를 한다면 김 씨가 몇 배 이상의 고기를 잡게 될 확률이 높다. 당연한 이야기 같지만 이 두 가지 경우에서 많은 것을 생각해볼 수 있다.

김 씨 어부는 고기 잡을 확률을 높이기 위해서 자신이 쥐고 있는 낚싯대 옆에 4개의 낚싯대를 더 세워두었다. 그리고 자신이 낚시를 하지 않는 시간 동안도 자동적으로 고기를 잡을 수 있는 시스템을 만들기 위해 물가 길목이나 바위 사이에 통발들을 설치해두었다. 그리고 낚싯대로 한 마리씩 고기를 잡는 것보다 어획량을 늘리기 위해 그물도 활용하기 시작했다.

김 씨 어부는 낚시에 확률과 효율성 그리고 시스템이라는 개념을 응용시켰기에 많은 물고기를 잡을 수 있었을 것이다.

영업도 마찬가지다. 고객이 물고기라면 영업인은 고객을 잡을 확률을 높이기 위해 가능한 한 모든 수완을 동원해야 한다. 그동안 잠재 고객을 확보하기 위해 종일 명함을 나눠주고 다녔다면 이제는 페이스북, 인스타그램, 블로그, 카카오스토리 등의 SNS매체를 활용하여 좀 더 넓은 집단에게 더 효율적으로 자신과 자신이 파는 상품에 대해 어필하는 것이다. 그리고 단체 문자나 E-mail로 광고 메시지도 보내고, 네이버 지식인에 상품과 관련된 상담 답변을 올린다. 또한 사람들이 많이 다니는 길가에 현수막을 설치하는 것도 확률을 높이는 좋은 방법이다.

실제로 카카오스토리 공유 이벤트를 통해 간장게장 판매 매출을 5배 이상 성장시킨 사례, 블로그 마케팅을 통해 레스토랑 방문 고객을 2배로 늘린 사례, 네이버 지식인을 통해 수많은 보험 상담 고객들을 확보한 사례들을 주변에서 찾을 수 있다.

이처럼 다양한 '모객 확보 시스템'은 당신이 쉬고 있는 지금 이 순간에도 아바타와 같이 당신을 위해 잠재 고객들을 확보하고 있을 것이다. 당신은 이러한 경로를 통해 당신을 찾아 온 잠재 고객들에게 상담을 해주고 계약만 하면 되는 것이다.

확률적으로 따져보자. 10명의 잠재 고객과 상담하여 8명의 진성 고객을 확보해내는 베테랑 영업인 A씨가 있다. 반면 10명의 잠재 고객과 상담하면 4명의 진성 고객을 확보해내는 신참 영업인 B씨가 있다고 가정해보자.

A씨는 고객을 대하는 법은 능숙하나 직접 고객들을 찾아다니며 모객을 확보하는 방식에만 의존했기에 한 달간 약 50명 정도의 고객밖에 만나지 못했다. 그래서 한 달간 약 40개 정도의 계약을 이뤄냈다. 반면 B씨는 고객 상담 능력이 부족하나 위에서 말한 다양한 '모객 확보 시스템'을 총동원했기 때문에 한 달간 약 150명 정도의 잠재 고객을 만날 수 있었다. 그리하여 약 60개의 계약을 얻어냈다.

A씨와 같이 아무리 완벽한 설득력을 갖고 있다 하더라도 지속적으로 모객을 확보할 수 있는 시스템을 만들지 못한다면 확률적으로 실적은 떨어질 수밖에 없다. 반면에 B씨는 많은 잠재 고객을 만날 수 있었기에 부족한 고객 케어 능력을 보완할 수 있었다. 하지만 고객을 설득해낼 수완이 없다면 이 또한 장기적인 관점에서는 실적이 떨어질 수밖에 없다. 때문에 영업인들은 많은 잠재 고객을 만날 수 있는 시스템을 만듦과 동시에 고객의 마음을 사로잡는 설득력을 키우고 상품에 대한 공부도 철저히 해야 한다. 이 두 가지 높은 확률을 만들어내는 무기를 양손에 쥐게 된다면 당신의 영업 실적은 파죽지세로 성장하게 될 것이다.

knowhow 03 ⋮

운도 개척하라

운은 계획에서 비롯된다.
-브랜치 리키-

　　　　　　'인생은 운칠기삼'이라는 말이 있다. 영업
에서도 운이 매우 중요하다. 영업의 특성상 다른 직군들에 비해 대외
적인 변수가 결과에 미치는 영향이 월등히 크기 때문이다. 그 변수들
이 영업인의 판매에 좋게 작용을 하면 운이 좋은 거고 반대로 작용하
면 운이 나쁜 것이라 볼 수 있다. 실력이 별로 좋지 않아도 소위 말해
촛복(재수)이 좋은 영업인은 남들보다 적은 노력으로도 재력 있는 고
객이나 그 상품을 구매하려 했던 고객을 만나기 일쑤다.

　반면 실력이 있어도 운이 좋지 않을 때는 진상 고객이나 구매 능력
이 부족한 고객 또는 상품에 대한 니즈가 없는 고객만 만나게 된다.
심지어 이미 완료된 계약의 파기까지 겪을 때도 있다. 이럴 때 영업인

CHAPTER 6 확률
영업은 확률 게임이다

들은 한없이 지치기 마련이다. 1위부터 꼴찌까지 실적을 줄 세우는 영업 환경의 특성상 운이 좋거나 실력이 좋은 동료들의 모습에 사기가 꺾이게 된다. 그러나 영업을 하다 보면 운의 등락과 실적의 기복은 겪을 수밖에 없다. 때문에 지치거나 포기하지 않기 위해서는 이러한 기복을 있는 그대로 수용하고 장기적인 목표를 향해 묵묵히 나아가야 한다. 또한 운을 개선하기 위한 노력이 필요하다. 성공한 기업인들의 자서전과 주변의 성공한 지인들로부터 배워서 실천하고 있는 '호운好運을 부르는 5가지 방법'을 공유한다.

첫째, '나는 운이 좋은 사람이다, 뜻대로 이루어진다' 등의 긍정적인 주문을 시간이 날 때마다 외치는 것이다. 천호식품 김영식 회장은 한때 사업 부도로 23억의 빚을 지고 자살시도까지 할 정도로 바닥을 친 적이 있었다고 한다. 하지만 산 정상에 올라가 "나는 할 수 있다"는 고함을 지르기도 하고 비를 맞으면서도 자신이 파는 '달팽이 즙과 산수유 노래'를 부르고 다녔다고 한다. 이러한 무한 긍정의 마인드가 불운을 극복하고 호운을 불러온 그만의 비법이 아니었을까? 마침내 그는 2년 만에 모든 빚을 청산하고 건강식품 시장의 선두 기업으로 재기한다.

필자도 김영식 회장을 본받아 매일 아침 거울을 보고 웃으며 '나는 운이 좋은 사람이다, 뜻한 일은 모두 이룬다' 등의 주문을 외치며 하루를 시작한다. 실제로 필자가 고객을 만나기 직전에 하는 긍정의 주문들이 계약 성공에 큰 기여를 한다고 믿는다. 군이 과학적으로 따져보자면 이러한 긍정의 주문이 내면에 자신감을 일으켜 어떤 일을 선택하고 행동함에 있어 확신을 가지고 나아갈 수 있게 해주기에 좋은 결과가 만들어진 것이 아닐까 싶다.

둘째, 덕을 쌓는 것이다. 경주 최 부자 가문은 12대 즉, 300년 동안을 만석꾼으로 내려온 유명한 재벌 가문이다. 이 가문에는 '사방 백리 안에 굶어죽는 사람이 없게 하라'는 유명한 가훈이 있다. 그리고 '찾아오는 손님은 신분의 귀천을 구분하지 말고 후하게 대접하라'는 것도 6개의 가훈 중 하나라고 한다. 1년 소작 수입이 쌀 3,000석 정도였는데 음덕과 호운을 위해 이 중 1,000석을 손님 접대와 빈민 구호에 썼다고 한다. 덕을 쌓는 것이 호운을 얻는 데 얼마나 중요한지 알 수 있는 대목이다.

덕을 쌓아 복을 받는 원리를 굳이 과학적으로 따져보자면, 선행을 하면 사람의 인상과 평판이 좋아지게 되고 이것이 고객에게 신뢰를 주어 영업 성공 확률을 높게 해주는 것이 아닐까.

셋째는 '운둔근運鈍根'이다. '운둔근'은 사람이 성공하기 위해서는 3가지 요소가 필요하다는 뜻이다. 첫째는 좋은 운, 둘째는 운이 나쁠 때도 버텨내는 우직함, 셋째가 근성이다. 삼성그룹 창립자인 이병철 회장님께서 생전에 즐겨 쓰셨던 서예 글이자 이건희 회장님께 훈육한 좌우명이라고 한다.

살다 보면 일이 뜻대로 풀릴 때도 있지만 죽고 싶을 만큼 일이 꼬이기만 할 때도 있다. 하지만 대성한 사람들은 운이 나쁠 때도 포기하지 않고 우직하게 내공을 쌓는다. 그러다가 좋은 운때가 왔을 때 기회를 놓치지 않고 빛을 발하게 되는 것이다. 지금 이 책을 읽고 있는 영업인들 중에서도 운이 나쁜 시기에 자포자기하는 분도 계실 것이다. 하지만 '운둔근'을 가슴에 품고 절대 포기하지 않아야 한다.

넷째, '운을 부르는 인상' 관리를 하는 것이다. 필자는 고객들에게 '말 잘한다' 또는 '영업 잘한다'는 말보다 '인상 좋다'는 말을 자주 듣는다. 영업 초보 시절 진땀을 흘리며 횡설수설 설명한 뒤 자포자기 심정으로 들어줘서 고맙다는 말로 마무리하려 했다. 하지만 계약서를 달라는 의외의 답변을 듣고 두 귀를 의심했었다. '인상이 좋아서 믿고 계약하는 거예요'라고 말씀하셨던 그 고객의 표정과 말투를 아직도 잊을 수 없다.

수년의 기간 동안 매달 상당한 돈을 지불해야 하는 중요한 계약을 '인상이나 느낌'과 같은 비정량적인 기준으로 결정한다는 것이 말이 되나? 나중에 해약하지는 않을까? 찝찝해서 계약서를 작성하는 고객에게 해약 시 환급 규정에 대해 여러 번 설명하고 재차 진의를 물어보는 엉뚱한 짓을 했었다. 하지만 지금 생각해보면 '인상' 또한 영업에 있어 매우 중요한 실력이라는 것을 깨닫게 되었다.

사람은 누구나 호감 가는 사람에게 호의를 베풀기 마련이고, 호감 가는 사람의 말을 더 신뢰하기 마련이다. 영업인과 고객의 관계도 마찬가지다. '동가홍상同價紅裳'이라는 말이 있지 않던가? 이왕 같은 성능, 같은 가격, 같은 조건이라면, 호감 가고 친근한 인상을 가진 영업인의 실적을 올려주게 되어 있다.

필자는 거의 매주 2번 정도의 마스크 팩을 하고 하루 2리터의 물을 마시는 것을 습관으로 해왔기에 피부가 여자보다 좋다는 소리를 많이 든다. 또한 다소 격해 보이는 사투리를 교정하기 위해 음성 녹음을 해가며 연습하여 차분하고 진중한 어조를 갖게 되었다. 사람의 노력으로 운을 바꿀 수는 없지만 개선할 수는 있다고 믿는다.

다섯째, 운도 확률이다. 운이 나쁘다면 부족한 운만큼 노력과 확률로 보완하면 된다. 운이 좋아서 5명만 만나도 1명의 진성 고객을 만나 계약해내는 동료도 있을 것이다. 하지만 다른 영업인의 운을 부러워할 필요는 없다. 그 사람보다 운이 나빠서 10명을 만나야 1개의 계약을 성사시킬 수 있는 당신이라면, 운이 좋은 영업인보다 2배로 많은 잠재 고객을 만나거나 계약 성공률을 2배로 높이기 위해 영업 스킬을 연마하면 될 것이다.

그렇게 노력하면서 운이 나쁜 시기를 이겨내고 나면, 영업에서 가장 중요한 '수완'과 '끈기'라는 내공이 쌓여 있을 것이다. 또한 힘든 상황 속에서도 묵묵히 자신의 자리를 지켜온 당신에게 '고객의 인정과 신뢰'도 주어지게 될 것이다. 이쯤 되면 영업운도 개척할 수 있다고 봐야 하지 않을까?

knowhow 04 :

고객의 거절에 대한 재해석

거절당한 순간부터 영업은 시작된다.
- 엘머 레터만-

　　　　　　　　많은 영업인들이 반복되는 고객의 거절을
겪으면서 지치거나 체념하곤 한다. 거절이 두려워 고객 만나기를 회
피하다가 결국은 영업을 포기하는 사람도 생긴다. 하지만 '세일즈맨
은 거절을 먹고 성장하는 사람'이라는 말이 있을 만큼 세일즈맨에게
'거절'은 평생 친구와 같이 익숙해져야 하는 단어이다. 때문에 영업인
이라면 고객의 거절에 대한 재해석이 필요하다.
　물이 반쯤 담긴 컵을 보고 한 사람은 '컵에 물이 반밖에 안 남았다'
라고 생각하는 반면 다른 한 사람은 '컵에 물이 반이나 남았다'라고
생각한다. 똑같은 상황을 두고 어떤 관점에서 보는가에 따라 한 사람
은 도전을 생각하고 한 사람은 포기를 생각한다.

영업도 마찬가지다. 고객의 거절은 상품을 구매할 고객을 만나기까지의 지극히 당연한 과정이라고 생각했던 한 영업인의 사례를 들어보겠다.

브리태니커 백과사전을 방문 판매했던 한 영업사원이 있었다. 다른 영업사원들이 고객의 거절 앞에 좌절할 때 그는 오히려 거절을 당할 때마다 자신의 상품을 살 고객을 만날 확률이 증가함에 기뻐했다고 한다. 가령 자신의 계약 성공률이 10%라면 평균적으로 10명의 고객을 만났을 때 1명의 계약을 성공하게 된다. 거꾸로 생각하면 9명 정도의 거절을 겪어낸 후면 1명의 진성 고객을 만날 확률이 높아지는 셈이다. 이렇게 긍정적인 마인드로 그는 백과사전 1세트를 팔기 위해 무수히 많은 퇴짜를 이겨냈다. 그리하여 1년 만에 전 세계 54개국의 지사에서 실적 1위를 달성했고, 브리태니커 백과사전을 세상에서 가장 많이 판매한 영업인으로 기네스북에까지 오르게 된다. 하지만 여기서 끝이 아니다. 왜냐면 이 사람이 바로 셀러리맨의 신화 '윤석금' 회장님이기 때문이다. 그는 이렇게 영업에서 쌓은 역량을 바탕으로 웅진 정수기, 웅진씽크빅, 웅진에너지 등의 계열사를 거느리고 재계 35위 안에 드는 웅진그룹을 창립한다.

내가 파는 상품을 모든 사람이 다 원할 수는 없다. 상품을 팔기 위해서는 이 상품에 니즈가 있는 잠재 고객을 찾아내야 한다. '거절'은 그 상품이 필요한 사람을 만나기까지 겪어야 하는 당연한 과정인 것이다. '상품을 구매할 고객을 만나기 위한 과정!' 이것이 거절에 대한 첫 번째 발상의 전환이라면, 두 번째 발상의 전환은 '고객의 거절은 진짜 거절이 아니다'라는 것이다.

영업의 마지막 단계를 우리는 클로징closing이라 부르는데, 우리는 이 단계에서 가격이나 구매 조건 등에 대해 고민 중인 고객의 마음을 굳혀서 구매를 결정짓도록 해야 한다. 영업인은 이 단계에서 고객으로부터 YES 또는 NO라는 결과 통보를 받게 된다.

그러나 고객이 "NO"라 대답했다 해서 좌절하지 말자. 왜냐면 고객의 '거절'은 이 상품을 절대로 구매하지 않겠다는 뜻이 아니기 때문이다. 그렇다면 "NO"라는 대답 속에 숨은 또 다른 이유를 찾아서 그 부분만 해결해주면 고객의 마음이 YES에 좀 더 가까워지지 않겠는가? 사례를 하나 살펴보자.

A씨는 계약할 날만을 기약하며 오랜 시간 K라는 잠재 거래처에 공을 들여왔다. K거래처 관계자들과 저녁을 먹던 어느 날, 이제 어느 정도 관계가 형성되었다는 생각에 계약에 대한 이야기를 꺼내려 하는 순간 고객이 "아직 계약 이야기는 좀 부담스럽네요"라며 말을 끊는다. 고객의 거절에 A씨는 눈앞이 하얘진다. 팀장에게는 곧 계약할 수 있을 것이라 설레발 보고까지 했는데 혼자 바보가 된 느낌이다. '이렇게까지 노력했는데 도대체 왜 매번 계약 이야기만 하면 거절하는 것일까? 그동안 나를 이용하기 위해 만난 것인가?' 괜히 거래처가 원망스럽게 느껴진다. 상처받은 A씨는 매주 한 번씩 찾아가던 잠재 거래처 방문에 조금씩 뜸해졌다. 그러다 어느 순간 서로 서먹해져서 그 거래처는 들어갈 수 없게 되었다. 그동안 95% 완성 단계를 향해가던 관계는 거절을 견뎌내지 못한 A씨의 좌절로 제로가 되어버렸다. 하지만 알고 보니 상대의 입장에서는 기존에 거래하고 있던 곳과 계약 기간

이 남아 있었던 상황이었다. 그 기간이 끝난 후에 A영업인과의 거래를 제일 크게 염두에 두고 있었다. 때문에 믿고 거래를 맡겨도 될 책임감 있는 사람인지를 시간을 가지며 검토 중이었던 것이다. A씨의 사례처럼 고객의 거절 속에 숨은 뜻을 읽지 못하면 공든 탑이 무너지게 되는 것이다.

이처럼 고객의 거절 뒤에는 다양한 뜻이 숨어 있다. 그 뜻을 헤아리는 영업인만이 기회를 잡을 수 있다. 다음 장에서는 이번 장에 이어 고객의 거절 속에 숨은 고객들의 속마음과 대응 방안을 살펴보겠다.

knowhow 05 :

'NO' 속에 가려진 고객의 속마음

고객의 거절은 정보와 정성을 더 보여 달라는 인간 신호다.
-박필규-

　　　　　　앞 장에서 고객의 거절에 대한 역발상의 필
요성에 대해 이야기했다. 이번 장에서는 다양한 상황 속에서 거절 속
에 숨은 고객의 진심과 대응 방법에 대해 함께 알아보겠다.

　고객은 다양한 이유에서 구매 결정을 망설인다. 그 상황에서 영업
인에게 하는 말을 '거절'이라 하고, 영업인들은 '판매 실패'로 인식하
곤 한다. 하지만 고객의 다양한 거절 속에 숨은 뜻을 파악하는 사람은
진성 고객 발굴 확률이 높아질 것이다.

"이 상품은 제게 큰 필요가 없습니다"라는 거절

고객이 '이 상품은 필요가 없다'는 식으로 거절했다면 전혀 낙담할 필요가 없다. 고객의 거절은 영업인이 아닌 상품에 국한된 부정이기 때문이다. 고객은 당신이 싫은 것이 아니라 말 그대로 이 상품이 필요가 없는 것이다. 좀 더 자신에게 필요한 상품을 맞춤형으로 권하면 얼마든지 검토해볼 의향이 있다는 뜻도 내포되어 있다. 이런 고객은 니즈가 무엇인지 정확히 파악한 후 좀 더 고객에게 적합한 다른 상품을 권해주면 긍정적인 답변을 기대할 수도 있다.

"고객님, 혹시 이 상품의 어떤 점이 부족했는지 여쭈어 봐도 될까요?" 또는 "고객님께서 필요한 상품은 어떤 점이 보완되어야 할까요?" 등의 질문을 통해 상대의 니즈를 재점검한 후 "고객님, 제가 고객님께서 찾는 상품도 가지고 있는데 잠깐 소개해드려도 될까요?" 또는 "고객님께서 말씀하신 문제점이 보완된 상품이 있는데 설명 들어 보시는 건 어떠세요?"라는 식으로 재판매를 시도하는 것이다.

"영업인들과 대화하기 부담스러워요!"라는 거절

가끔 세일즈맨을 잡상인 취급하거나 말 섞는 것조차 시간 아깝다는 식으로 피하는 사람들이 있다. 물론 원래 성격이 냉정하거나 정말 바쁜 사람일 수도 있지만, 대부분 이전에 다른 영업인들에게 안 좋은 경험을 겪은 경우가 많다.

신의 있어 보여서 믿고 계약했는데 구매 후에는 연락두절이 된 영업인에게 배신감을 느꼈을 수도 있다. 또는 설문조사라고 해서 연락처를 알려줬을 뿐인데 사생활 침해가 될 만큼 자주 연락이 와서 영업인이라면 학을 떼는 사람일 수도 있다. 이런 경우 부담스럽게 접근해서는 안 된다. 다른 영업인과는 다른 '신의 있고 담백한 영업인'이라는 확신을 주는 작업이 필요하다.

가령 "네, 그 심정 이해합니다. 그동안 만난 영업인들에게 많이 실망하셨을 겁니다. 하지만 저는 다르다는 것을 보여드리겠습니다. 딱 30초만 주십시오. 30초를 주셨는데 제게 실망하신다면 제가 점심 사드리겠습니다." 고객은 남다른 발상과 엉뚱한 멘트에 궁금증이 생길 것이다. 물론 그래도 무관심한 반응을 보이는 사람도 있을 것이다. 하지만 이런 농담에 웃으며 들어보는 사람도 있을 것이고, 정말 밥을 사달라는 사람도 생기기 마련이다. 고객과 식사하며 대화할 시간을 얻을 수 있다면 도리어 더할 나위 없이 좋은 기회이기에 이러나저러나 영업인에게는 유리한 농담 겸 제안인 것이다. 그렇게 상대의 관심을 끌어 얻게 된 30초 동안 완벽하게 자신을 PR하는 것이다(자기소개나 PR멘트를 항상 준비해서 다닐 필요가 있다). 신뢰할 수 있는 이력과 이전 고객들과의 좋은 관계를 증명할 수 있는 자료들을 보여줄 수도 있다. 아니면 아예 틀을 벗어나 코믹 노래나 춤 등의 장기를 보여주어 고객을 웃게 만들거나 호감을 얻어 이야기를 이어갈 시간을 벌 수도 있다. 아무튼 수단과 방법을 가리지 말고 주어진 30초 동안 고객의 마음을 사로잡아보자. 그렇게 하여 상대의 방어벽을 완화시킨다. 그 후 한 번 더 고객의 예상을 벗어나게 하자. "고객님, 브로슈어 하나 두고 갈게요. 시간 나실 때 한번 읽어봐 주세요" 연락처만 받고 상품 브로슈어와 명함 그리고 여운을 남기고 헤어지는 것이다. 이 또한 판매에 혈안이 된 기존의 영업인들과 다른 모습을 보임으로써 부담감을 덜어주는 사전 작업인 것이다. 또한 궁금증과 호기심을 증폭시키기 위함도 있다. 그렇게 가끔 안부 문자만 주고받다가 어느 정도 서로 친숙해졌다 싶을 때 다시 커피 한잔을 사들고 슬쩍 재방문해보자. 당신에 대한 거부감과 방어벽이 많이 해제되어 있을 것이다. 한마디로 고객이 영업인의 말을 들을 마음의 준비가 될 때까지 기다려주는 배려라 할 수 있다.

"좀 더 검토할 시간이 필요합니다"라는 거절

이런 고객의 거절에는 다양한 이유가 있다. 첫째는 상품에 대한 검토가 필요하다는 뜻인 경우이다. 이때는 상품에 대한 좀 더 구체적인 정보나 샘플을 제공한다. 그리고 고객을 확 끌어당길 수 있는 멘트로 구매 결정을 돕는다. 그래도 시간이 필요하면 검토할 시간을 주는 것이다. 둘째는 거래를 할 영업인의 자질에 대한 검토가 필요한 경우다. 이런 경우 고객과 유대 활동에 좀 더 집중할 필요가 있다. 셋째는 자신 외에 의사결정자들과 의논할 필요가 있는 경우이다. 이런 경우 다른 의사결정자들과 함께 설명을 들어볼 것을 제안하여 주변인들의 의견이 "NO"로 치우치는 것을 방지해야 한다. 넷째는 거절을 잘 하지 못해 돌려서 말한 경우일 수 있다. 이런 경우는 고객이 거절하는 진짜 이유를 파악하여 해결방안을 제시해줘야 한다. 다섯째로 정말 우유부단해서 구매 결정을 못하는 경우일 수도 있다. 이런 경우에는 강력하게 상품 구매의 '당위성'을 어필하고 고객의 결정을 촉구하자. 그리고 구매한 후 결코 후회 없을 것이라는 상품에 대한 '자신감'을 보여주어 고객의 결정을 북돋워주면 된다.

"좀 비싼 거 같네요"라는 거절

이런 거절 멘트를 하는 고객은 크게 두 가지로 나뉜다. 첫째는 정말 가격이 비싸게 생각되거나 구매할 경제력이 부족한 경우이다. 이때는 가능한 범위 내에서 좀 더 저렴한 가격 조건이나 할인을 제안하면 구매 가능성이 커진다. 또는 할부나 리스 등의 다양한 결제 방식으로 부족한 자금에 대한 해결책을 제시해줄 수도 있다.

둘째는 습관적으로 가격을 깎으려는 사람이다. 이런 식으로 떠보듯 말하면 영업인이 할인해줄 것이라 생각하는 것이다. 고객의 구매 의사가 확실하다면 이 상품은 타사 대비 훨씬 저렴하고, 이미 할인가라서 더 이상의 할인이 어렵다고 강하게 못을 박는다. 그래서 추가 할인을 하면 팔고도 오히려 손해를 보게 된다는 식으로 말하여 최저가라는 확신을 심어주는 것이 좋다.

"기존에 거래하던 곳 외에는 만나지 않습니다"라는 거절

이런 식의 거절을 하는 사람은 성품이 신중하거나 신의를 중시한다. 첫째 신중한 사람일 경우 낯선 영업인들에게 쉽게 마음을 열지 않는다. 영업인이 힘든 상황 속에서도 끈기 있게 노력하는지 그 근성을 검증한 후 거래를 맡기겠다는 것이다.

실제로 필자도 이런 경험이 있었다. 비거래 중인 영업인의 방문을 싫어한다고 말하면서 필자의 명함을 받아 방문 날짜를 기록하여 명함 수첩에 넣어두는 것이다. 필자는 고객의 의도를 파악하고 오히려 더 꾸준히 방문하고 성실한 모습을 보여주어 마침내 큰 거래를 열었던 경험이 있다.

둘째는 기존 거래처와의 신의를 매우 중시하는 사람이다. 이런 사람의 경우는 기존에 거래하던 영업인이 그만두지 않는 이상 빈틈을 찾기란 정말 어렵다. 기존 영업인의 동태를 파악한 후 냉철한 판단이 필요하다. 기존에 거래하던 영업인들이 일을 그만둘 것 같지 않으면 시간과 비용을 다른 거래처에 집중하는 것이 좋다. 그러나 기존 영업인의 변동수가 있어 보이면 그 사람이 그만둘 때까지 끈질기게 방문하여 신뢰를 형성하며 기회를 기다려야 할 것이다. 이런 고객의 경우 방어벽이 높아서 거래를 시작하기는 어렵지만, 일단 한 번 거래를 트고 나면 크고 안정된 거래를 기대할 수 있다.

필자도 영업 입문 시절에 고객들의 거절에 크게 낙담했던 적이 있다. 그때 베테랑 선배가 이런 말을 해주었다.

"고객이 거절하는 것이 아니라 영업인이 포기하는 것이다."

잘 생각해보면 고객은 한 번 거절했을 뿐인데 본인이 먼저 체념했던 것이다. 그리고 그 후 거절이 두려워 먼저 다가가지 못하는 것이다.

혹시 지금 고객의 거절로 영업에 회의를 느끼고 있다면 용기를 내서 다시 한 번 다가가 "NO" 속에 숨은 고객의 진심과 자신의 마음을 되돌아보자.

knowhow 06 :

문틈에 발 끼워 넣기

당신이 은혜를 베푼 사람보다는 당신에게 호의를 베푼 사람이 당신에게
또 다른 호의를 베풀 준비가 되어 있을 것이다.
-벤자민 프랭클린-

　　　　　　모든 기회가 그러하듯 문이 닫히면 확률은
제로가 된다. 하지만 일단 문틈 사이로 발을 끼워 넣으면 그 후 가능
성은 무궁해진다. 이런 원리는 영업에서 고객과의 기회를 만드는 데
사용되는데 심리학 용어로 '풋 인 더 도어foot in the door'라고 한다.

　이와 관련 있는 프리드먼 교수의 논문에 실린 흥미로운 사례를 하
나 소개하려 한다. 그는 '가정의 주방용품'을 조사하는 프로젝트 팀을
꾸려 조사에 나섰다. 하지만 낯선 조사원들이 자신의 집에서 1시간 이
상 머물며 조사해야 했기에 요청에 동의하는 사람이 거의 없었다고
한다. 고민 끝에 본론적인 부탁을 하기 전, 1분 정도 소요되는 간단한
설문을 요청했다고 한다. 동의를 받아 설문이 끝난 후에 추가적인 조

사 요청을 하자 수긍 확률이 40% 이상으로 늘었다고 한다. 한마디로 가벼운 부탁을 먼저 한 후 어려운 부탁을 하는 것이 수긍 확률이 높아진다는 것이다. 이러한 원리는 실제로 영업과 자선기부 촉진 활동에 많이 활용되고 있다.

사람들은 누구나 스스로 변덕스러운 사람이 아니라 일관성 있는 사람이고 싶어 한다. 그리고 대다수의 사람들은 타인에게 보이는 자신의 이미지에 많은 신경을 쓴다. 이 두 가지 심리를 활용한 것이 '풋 인 더 도어' 기법이다. 작은 호의를 베풀어 상대에게 좋은 이미지로 인식되었다면 그 이미지를 지키기 위해 다음 부탁도 들어주게 된다는 것이다. 이 효과를 극대화하기 위해서는 상대가 당신의 작은 부탁을 들어주었을 때 크게 감사를 표하고 훌륭한 인품을 칭송해주자. 그러면 상대는 좋은 이미지를 잃고 싶지 않아서 당신의 부탁을 거절하기 힘들어질 것이다. 이러한 심리적인 전략은 정이 많거나 타인의 눈을 많이 의식하는 고객들에게 매우 효과적인 반면 냉철하고 분석적인 고객들에게는 통하지 않을 수도 있다.

우리의 영업 현장에 응용해보자. 가령 전혀 모르는 사람에게 영업을 시도하려 한다. 무작정 다가가서 영업하면 거절당할 확률이 90% 이상이다. 이때 '풋 인 더 도어' 전략을 시도하는 것이다.

"실례지만 초행길이라 길 좀 여쭤 봐도 될까요?"

이렇게 우연을 가장한 작은 부탁으로 상대에게 접근한 후 상대의 반응을 살피자. 물론 작은 부탁조차 무시하고 가는 사람들은 어쩔 수 없다. 하지만 가던 길을 멈추고 친절하고 상세하게 안내를 해주는 사람이라면 영업을 시도해서 성공할 확률이 매우 높다. 이런 사람에게 길 안내를 받은 후 높은 인격을 칭찬해주자. 그 후 음료수를 드리면서 진실 되게 감사를 표한다. 그 후 "초행길을 헤매고 있었는데 덕분에 고객과의 미팅에 늦지 않게 갈 수 있게 되었습니다. 감사합니다. 이것도 인연인데 1분만 더 시간을 내주신다면, 좋은 정보 하나 말씀드리고 싶습니다" 이런 식으로 상대를 당신의 본론으로 자연스럽게 유도하여 영업의 기회를 만드는 것이다.

또 다른 상황을 생각해보자. 당신의 회사에서 출시된 신제품 건강 음료수를 팔아야 한다면, 무작정 음료에 대한 장점을 설명하는 것만으로는 고객들의 발걸음을 멈추게 할 수 없다. 이럴 때는 행인들에게 신제품 시연회를 진행하는 것이다. 종이컵에 담은 음료를 나눠주면서 마시게 한 후 20초 정도 소요되는 설문을 부탁하는 것이다. 음료를 마시고 설문에 응하고 나면 감사의 표시로 작은 사은품을 준다. 그 후 설문 조사에 응한 분들께만 사은품과 건강 신제품 음료를 1+1번들로 20% 할인된 가격에 판다고 영업하는 것이다.

고객의 입장과 속마음을 상상해보자.

'음…… 생각보다 음료 맛이 꽤 괜찮네. 음료수도 공짜로 마시고 사은품도 받고 좋군. 무엇보다도 저 영업인에게 20초밖에 안 썼는데 이렇게까지 고마워해주니 오히려 미안하네. 뭐 어찌되었든 저 영업인에게 끝까지 좋은 사람으로 기억되고 싶다. 날도 더운데 밖에서 고생하니 좀 도와주자. 게다가 상품 가격도 프로모션 혜택까지 있잖아. 친구들 것도 좀 사서 작은 도움이라도 주자.'

이처럼 고객의 마음이 구매로 기울게 만드는 사전 작업들이 바로 '풋 인 더 도어'라는 영업 기법이다.

'고객'과 '문'은 빠르게 스쳐 지난다는 공통점이 있다. 문은 1초면 닫힌다. 고객도 5초 후면 뒤통수를 보이며 지나간다. 이번 장에서는 이 찰나의 기회를 놓치지 않기 위해 문틈에 발을 끼워 넣듯 고객에게 기회를 버는 '풋 인 더 도어' 기법을 알아보았다. 앞으로 현장에서 활용하여 좋은 결과가 있기를 기원하며 이번 장을 마무리한다.

행동하지 않으면 확률은 제로

수백 번의 이상적인 생각보다 한 번의 실행이 변화의 시작이다.
-셰릴 샌드버그-

'오늘따라 유난히 힘이 든다. 한여름 땡볕, 온 세상이 사우나 같은 날씨에 반나절 동안 돌아다니다 보니 얼마나 피곤하던지 자취방으로 돌아가는 지하철에서 졸다 잠들었다. 눈을 떠보니 마지막 정거장인 장암…… 처음 와본 곳이지만 완전 시골 같다. 차창 밖을 보니 오늘 내 마음처럼 휑한 벌판이었다. 저 벌판 한복판에 오두막을 짓고 시냇물에 가족들과 발 담그고 수박을 먹으면서 이 시간을 즐기고 싶은 생각이 꿈결같이 머리를 맴돈다. 어릴 적 가족과 범어사에 놀러간 생각이 난다. 마음이 자꾸 고향과 어린 시절로 향하는 것을 보니 요즘 좀 힘들긴 한가 보다. 이번 달은 유독 악성 고객들이 많아 슬럼프를 겪었다. 그렇게 원하던 돈을 많이 벌고 있어도 영혼이 지치는 것은 어쩔 수 없나 보다. 영업은 일희일비하면 안 된다. 좋은

운때가 올 때까지 우직하게 나아가자.'

실적이 정체되어 힘들던 시기에 적었던 일기다. 아마 한 번쯤은 다 겪거나 느껴본 감정일 것이라 생각되어 공유해본다. 계획을 세웠으나 고객의 마음은 뜻대로 되지 않고, 운까지 따라주지 않으면 지치기 마련이다. 이런 악순환이 지속되다 실행을 멈추게 되면 자전거처럼 쉼없이 달려야 하는 영업은 균형을 잃어 넘어지게 된다.

사실 영업은 친화력, 설득력, 화술, 공감 능력, 끈기, 임기응변 등 필요한 역량들이 많다. 하지만 이러한 훌륭한 역량들을 다 가지고 있다 해도 마치 곱하기 0을 해버리는 것과 같이 무의미하게 만드는 무서운 요소가 있다. 그것이 바로 '행동력'이다. 행동력이 수반되지 않는다면 이 모든 능력들은 영업에서 무용지물이 된다.

영업은 타인의 마음을 열어야 하는 일이고, 대외적인 변수가 많은 일이다. 때문에 자신의 계획대로 되지 않는 것이 당연하고 수많은 시행착오를 겪는 것 또한 당연하다. 이것들을 이겨내지 못하고 포기하면 이전에 쌓은 99의 노력들이 곱하기 0을 만나 제로가 되어버린다. 왜냐면 100이 되기 한 단계 전일지라도 마지막 단계인 계약의 벽을 넘지 못하면 아무런 의미가 없기 때문이다.

영업은 기획이나 마케팅과 달리 머리로 하는 일이 아니다. 머리로 생각함과 동시에 발로 뛰어야 하는 직무이다. 여름에는 더위와 장맛비를, 겨울에는 추위와 눈바람을 견뎌야 하고 고객들의 수많은 거절을 이겨내야 한다. 여러분들이 겪고 있는 슬럼프를 극복하기 위해 다양한 책도 읽을 것이고, 영업 멘토들에게 자문도 하면서 영업 스킬을 단련하고 있을 것이다. 하지만 가장 중요한 것은 아는 것을 행동으로 옮기는 것이라는 점을 잊지 말자.

100가지를 알고 실천하지 않는 사람보다 알고 있는 한 가지라도 꾸준히 행동하는 사람이 영업에서는 승리한다.

7

차별화
남다른 자만
생존한다

BUSINESS
KNOWHOW

갑을관계 프레임을 벗어나라

갑을관계(甲乙關係):
갑과 을은 원래 계약서상에서 계약 당사자를 순서대로 지칭하는 법률 용어다.
보통 권력적 우위인 쪽을 갑, 그렇지 않은 쪽을 을이라 부르는데 여기서 '갑을관계를 맺는다'는
표현이 생겼으며, 지위의 높고 낮음을 의미하게 되었다.
-박문각 편집부,《시사상식사전》中-

상품을 팔아야 하는 영업인과 선택할 수 있
는 고객 사이의 파워 불균형으로 인해 영업 현장에서 갑을관계는 존
재할 수밖에 없었다. 실적과 계약을 위해 억지로 술을 마시며 거래처
비위를 맞춰야 했던 경우, 고객에게 삿대질을 당하면서도 사과를 해
야 했던 경우, 회사의 실적 압박과 진상 고객 사이에서 손해 보는 장
사를 할 수밖에 없었던 경우 등과 같이 고질적인 '갑을관계'로 인해
회의감이 든 적도 있을 것이다. 이러한 문제를 개선하기 위해서는 인
간관계를 결정하는 '교섭력'이라는 개념에 대해 생각해봐야 한다.

교섭력은 두 명 이상의 사람이나 법인 또는 기관 사이 관계의 상대
적인 힘이다. 영업의 교섭력을 결정하는 요인은 크게 5가지가 있는데,

'소비자와 공급자의 수, 판매 루트, 차별화된 경쟁력, 필요의 시급성 그리고 정보의 차이' 등이다.

첫째는 소비자와 공급자의 상대적인 수이다. 가령 한 개의 과일 가게가 사과를 독점하고 있고 소비자는 3명인 상황이라면 판매자가 유리한 입지를 가지게 된다. 가격을 올리고 배짱 장사를 해도 영업은 이루어진다. 반대로 과일 가게가 3개인데 소비자가 1명인 상황이라면 가게 3곳에서 소비자 1명을 잡기 위해 가격을 낮추거나 호객 행위를 해야 할 것이다. 따라서 소비자가 갑이 되고 가게(판매자)는 을이 되는 것이다. 이처럼 소비자와 공급자의 상대적인 수는 교섭력을 결정하는 중요한 요인이 된다.

과거에는 소비재들을 자급자족하거나 수공업으로 만들었기에 소비에 대한 니즈를 생산력이 따라가지 못했다. 때문에 재화의 가치가 상대적으로 높았기에 구매자보다 판매자(공급자)의 교섭력이 더 높을 수밖에 없었다. 하지만 오늘날은 대량생산으로 인해 상품이 과잉 공급되고 있다. 또한 기술발전으로 제품의 품질이나 특징 차이가 거의 없어졌다. 즉, 수요보다 공급이 많은 시대이기에 영업은 더 힘들어질 수밖에 없는 것이다.

둘째는 '판매 루트'의 다각화로 인해서 경쟁이 복잡해지고 있다는 점이다. 가령 과거에는 의류 판매인은 다른 의류 매장들과만 경쟁했다. 하지만 요즘은 온라인 쇼핑몰과 대형 의류 프랜차이즈 회사와도 경쟁해야 한다. 과거 보험 설계사들은 다른 설계사들과만 경쟁하면 되었다. 하지만 요즘은 영업인의 수가 기하급수적으로 늘었을 뿐만 아니라 방카슈랑스의 등장으로 은행과도 경쟁하게 되었다. 심지어 최근에는 인터넷으로 보험을 설계하는 서비스까지 나옴으로써 경쟁과 생존은 더욱 어려워졌다. 경쟁이 치열해진 영업인에 반해 선택의 폭이 무수히 넓어진 고객은 '슈퍼갑'이 될 수밖에 없는 것이다.

셋째 요인은 '차별화된 경쟁력'이다. 가령 A, B, C, D라는 과일 가게 중 평범한 3곳과 다르게 D라는 과일 가게가 피부 미백 효능이 증진된 유전자 개량 사과를 판매한다면, D과일 가게는 경쟁자들보다 소비자에게 상대적으로 높은 교섭력을 가질 수 있다. 이때 A가게는 유기농 과일 판매나 1+1 판매 등과 같이 차별화된 가격과 서비스를 제공함으로써 교섭력을 유지할 수 있을 것이다.

넷째 요인은 '필요의 시급성'이다. 필요한 것을 구하는 데 있어서 상대적으로 급한 사람이 을이 될 수밖에 없다. 한마디로 '목마른 놈이 우물물을 판다'는 원리다. 급한 사람은 느긋한 사람을 이길 수 없다. 영업인은 판매해야 하는 필요를 가지고 있고 고객은 구매에 대한 필요를 가지고 있다. 이때 실적 압박으로 고객에게 판매를 재촉하면 영업인은 '을'이 될 수밖에 없다. 상품의 구매가 꼭 필요한 A급 진성 고객을 지속적으로 발굴함과 동시에 고객의 필요성을 극대화해줄 스킬을 키운다면 영업인의 교섭력은 증진될 수 있다.

다섯째 요인은 정보의 차이다. 과거의 소비자들은 정보력 부족으로 인해 제품에 대한 객관적인 가격과 정보를 제대로 알 수 없었다. 때문에 영업인은 적정 가격보다 높은 가격을 부른 후 가격을 조정해주는 식으로 고객을 컨트롤할 수 있었다. 게다가 서비스도 고객을 봐가며 차등적으로 제공할 수 있었다. 이를 통해 영업인이 고객으로부터 교섭력을 지킬 수 있었다. 그러나 요즘은 인터넷, SNS 등과 같은 정보 유통 기술의 발전으로 인해 치약과 같은 생필품 가격까지 1원 단위로 비교할 수 있게 되었다. 점점 똑똑해지는 스마트 컨슈머들은 제품과 서비스에 대한 정보를 공유하고 다양한 방식으로 여론을 형성하며 문제를 제기하고 있다. 이로 인해 고객이 영업인에게 기대하는 서비스와 품질은 상향 평균화되고 깐깐해졌다.

　이와 같은 다양한 요인들로 인해 고객에 대한 영업인의 교섭력은 힘을 잃어가고 있는 상황이다. 하지만 위에서 언급한 요인들의 원리를 이해하고 교섭력의 균형을 이루기 위해 노력한다면 고객과 '갑을 관계'를 벗어나 '파트너 관계'를 기대할 수 있을 것이다.

knowhow 02 :

진상 고객은 피하라

싫어하는 사람을 내 가슴속에 넣어두고 다닐 만큼 그 사람이 가치가 있나요?
내가 사랑하는 가족, 나를 응원하는 친구만 마음에 넣어두십시오.
싫어하는 사람 넣어두고 다니면 마음병만 얻습니다.
-혜민 스님-

'고객은 왕이다, 고객은 무조건 옳다' 등과 같이 고객에게 무조건적인 헌신을 요구하는 표어들이 업계에서 성행하고 있다. 고객과의 트러블을 막고 회사의 대외 이미지를 지키기 위해 옳고 그름을 막론하고 서비스 분야 영업인을 희생시키는 이런 풍조는 악성 고객의 갑질횡포만 키우고 있다.

백화점에서 의류 판매인의 뺨을 때리는 막장 고객이 있는가 하면, 판매 행사의 선물만 받아낸 후 구매한 상품을 반품하는 진상 고객도 있다. 그리고 가입 혜택만 교묘하게 뽑아 선취하고 기업의 입장에서는 판매로 인해 오히려 적자가 되게 하는 체리피커cherry picker(자신의 실속만 차리는 소비자)도 있다. 또한 구매한 상품의 하자를 트집 잡아 거짓 피해보상을 청구하는 블랙 컨슈머도 있다. 이러한 고객들의 대부분은 사실 기업의 매출성장에 기여하기는커녕 오히려 기업과 영업인에게 장기적인 손해를 끼치는 경우가 많다.

'진심은 통한다! 지극정성으로 헌신하면 모든 고객을 감동시킬 수 있고, 고객과의 모든 문제를 해결해낼 수 있다'는 생각은 호랑이 담배 피우던 시절 맹자의 '성선설'과 같은 이상이 되어버렸다.

영업인에게 트집을 잡아 스트레스를 풀거나 부정 이득을 편취하기 위해 작정하고 접근한 고객은 일단 피하는 것이 상책이다. 이런 악성 고객들에게 시간과 진심을 소비하다 보면 상처받게 되거나 큰 손실을 보게 될 것이다. 무엇보다도 정말 집중해야 하는 진성 고객에게 집중하지 못하는 최악의 상황을 겪게 된다. 이런 고객은 가능한 한 빨리 오해의 소지가 없는 선에서 관계를 정리해야 한다. 하지만 이러한 악성 고객들과 악연의 고리를 쉽게 끊지 못하는 몇 가지 경우가 있다.

첫째, 매몰비용 때문에 악연을 끊지 못하는 경우이다. 특정 영업 분야의 경우 고객에게 초기 투자가 필요하다. 대부분 잠재 고객은 이미 기존 거래처가 있다. 이 상황에서 신규 개척을 하기 위해서는 기존 거래처보다 더 큰 혜택을 줄 수 있음을 어필해야 한다. 때문에 초기에는 이득이 없더라도 거래 가능성만을 보고 시간과 물질을 투자하는 경우가 많다. 진상 고객들은 이러한 영업인의 상황과 심리를 악용한다. 구매 의사가 없거나 구매 결정 권한이 없으면서 마치 거래를 할 것처럼 행동하며 영업인이 자신에게 초기 투자를 하도록 유도하는 것이다. 이런 경우, 헛된 희망으로 투자한 것이 아까워 포기하지 못하고 밑 빠진 독에 물 붓기 식의 악순환이 반복된다. 이때는 지금의 노력은 매몰 비용에 대한 집착이라는 것을 인지하고 관계와 투자를 과감히 중단해야 한다. 도무지 손해가 아까워서 관계를 청산하지 못하겠다면 상대에게 받아낼 수 있는 것을 최대한 받아내 손실을 최소화한 후 관계를 정리할 것을 권한다.

　필자가 영업 초보 시절 큰 거래를 할 것처럼 의도적으로 접근하여 저녁 식사를 3번이나 얻어먹은 진상 고객이 있었다. 나중에 알고 보니 그 사람은 구매 결정 권한이 전혀 없는 사람이었고 업계에서 진상으로 유명한 사람이었다. 아니나 다를까 그 진상 고객에게서 또 전화가 왔다. "다음 주 화요일 저녁 식사 어때요?"라고 물어오기에 필자는 진상의 진의를 눈치 챘다는 사실을 숨기고 매우 비싼 식당(지난 3번의 식사 비용에 달하는 한정식 집)에서 약속을 잡았다. 그리고 가장 비싼 메뉴를 주문하여 식사를 마친 후 먼저 선수를 쳤다.
　"고객님, 잘 먹었습니다. 오늘도 찾아주시고 저녁까지 사주셔서 감사합니다. 안타깝게도 이번 주에 법인카드가 사용이 제한되었습니다. 오늘은 고객님께 감사한 마음으로 먹게 되었습니다. 대신 다음 주부터는 제가 식사 대접을 하겠습니다."
　진상은 갑작스러운 상황에 당황했고 3번 얻어먹은 체면 때문에 얼떨결에 계산을 하게 되었다. 그 후 진상에게 몇 차례 연락이 왔으나 필자는 이미 그 진상을 스팸 번호로 차단시킨 후였다. 필자는 이런 진상에게는 '눈에는 눈 이에는 이'라는 식으로 대응한다. 물론 상대가 진심으로 거래를 터주기 위해 노력했으나 내부적인 파워가 부족하여 도움이 못된 경우라면 10번의 투자였을지라도 이해할 수 있지만, 고의적으로 부당 이득을 편취하려는 진상에게는 본전 찾기와 관계 정리가 답이라 믿는다.

둘째, 자신의 권한으로는 고객의 문제를 해결하지 못하는 경우이다. 가끔 트집 잡아 영업인의 권한 밖의 과도한 보상을 원하는 고객을 접하게 될 경우가 있다. 또는 구매 단계에서 과도한 단가 할인, 불가능한 납기일, 회수하기 힘든 결제 방식 등의 불리한 거래 조건을 요구하는 고객을 만나게 된다. 이럴 때 잘못된 판단으로 권한 밖 일을 약속해버리면 열심히 일하고도 회사와 고객으로부터 쌍방으로 난처해지는 상황이 발생한다.

이런 경우 고객에게 자신은 권한이 없음을 정중하게 알린 후 윗선에 보고하여 본사(또는 좀 더 높은 직급의 책임자) 차원에서 고객을 케어하도록 대응하는 것이 정석이다. 고객의 무리한 요구를 수용하거나 강경 대응을 하는 것은 윗선의 판단에 맡기는 것이다. 고객의 문제를 해결하기 위해 본사 차원에서 노력한다는 명분을 고객에게 내세울 수 있고 또한 감정에 휘둘리지 않는 객관적인 해결책을 찾을 수 있기 때문이다.

셋째, 고객이 영업인에게 악감정(불만)을 갖고 보복하려는 경우도 있다. 사무실에 찾아와 소리를 지르거나 회사에 컴플레인을 제기하여 불이익을 주겠다고 협박하기도 한다. 서비스 분야 영업인들은 한 번쯤 겪어볼 수 있는 상황이다. 이때 혼자 문제를 해결하려다가 고객의 만행에 휘둘리기도 한다.

이런 경우 현 상황을 정확히 보고한 후 고객이 보는 앞에서 상사에게 질책 받는 모습을 연출하여 고객의 분노를 잠재운다. 그 후 고객과 사적인 악감정이 없는 다른 직원이 대신하여 고객의 문제를 해결해주도록 하면 수월하게 문제를 해결할 수 있을 것이다.

앞서 알아봤듯이 세상에는 너무나 다양한 사람들이 많다. 밖에서 만났다면 그냥 피하면 그만이겠지만 고객과 영업인의 관계로 만나게 되면 마음대로 피할 수도 없다. 때문에 우리 영업인들은 이들로부터 스스로를 지키고 업무를 원활히 할 수 있도록 대응책과 마음의 준비가 된 상태로 일해야 할 것이다.

knowhow 03 :

되로 주고 말로 받아라

우리 회사는 가격을 깎아주지 않습니다. 저희의 영업 활동은 영업사원이 가정의 니즈를
정확하게 파악하고 그것을 해결하기 위해 노력하는 것으로 요약됩니다.
-수레시 고클라니-

'되로 주고 말로 받는 것'이 영업의 속성이자
존재 이유이다. 기업의 목표는 수익창출이고 영업이 그 수익창출의
주된 축을 담당한다. 소비자에게 상품을 팔고 원가와 동등한 값을 받
는다면 기업은 굳이 생산과 영업을 할 필요가 없을 것이고 존속할 수
도 없을 것이다.

때문에 기업은 영업 활동을 통해 생산한 상품을 구매할 고객들을 찾
아 상품에 대한 정보와 서비스를 제공하고, 사후관리를 보장함으로써
상품에 부가가치를 창출한다. 이러한 부가가치로 기업은 직원들에게
월급을 주고 회사 운영비를 감당할 수 있는 것이다. '영업인 한 사람이
스무 명의 회사 구성원을 먹여 살린다'는 말도 같은 맥락일 것이다.

하지만 영업은 쉽지 않다. 한 마디로 전쟁이다. 수많은 경쟁사들이 우월한 상품을 생산하여 경쟁력 있는 가격으로 판매하기 위해 전력을 다하고 있다. 때론 제품 생명주기상 쇠퇴기에 속하는 상품을 판매해야 할 때도 있다. 때론 상품의 단점을 극복하고 강점을 고객의 니즈에 부합되게 어필하여 판매를 완수해야 한다. 그리고 우수한 경쟁사 상품으로부터 거래처를 지키기 위해 유대형성에 공을 들임과 동시에 경쟁사의 거래처도 흡수해야 한다. 이런 치열한 영업시장에서 승리하기 위해서 차별화된 고부가가치를 만들어야 한다. 영업인이 창출해야 할 부가가치를 쉽게 말하자면, 영업인을 거치지 않고 공장이나 인터넷을 통해 직접 구매했을 때 고객이 얻을 수 없는 효용이다. 가령 만족감, 기쁨, 편리함, 인간관계, 유익한 정보 등의 효용이다.

당신이 와인을 판매한다 가정하고 고객에게 부가가치를 창출해줄 방법을 생각해보자. 어떤 와인을 구매해야 할지 고민 중인 고객이 있다면 몇 가지 와인의 향과 맛을 테스트하도록 해줄 수 있을 것이다. 그리고 와인의 제조 국가나 연도, 포도 생산지 등의 정보를 제공함으로써 고객의 선택에 확신을 줄 수 있다. 또한 와인과 함께 먹기 좋은 음식들을 권해주거나 치즈나 과일 통조림 등의 안주거리를 서비스로 준다면 고객의 만족은 배가 될 것이다. 만약 고객이 선물용으로 와인을 구매하는 거라면 선물 받을 사람의 취향, 연령, 성별 등을 고려하여 적절한 상품을 권해줄 수 있다. 거기다 고급스러운 포장과 고객의 마음을 담을 수 있는 카드도 함께 준다. 또는 연인과 함께 마시기 위해 구매하는 것이라면 꽃을 함께 포장해 주는 센스가 고객의 만족을 극대화해줄 것이다. 만약 레스토랑이나 바에 와인을 납품하는 영업이라면 납품 일자, 납품 단가, 보관상 편의 등을 고객의 상황에 맞게 조율해줄 수도 있을 것이다.

이처럼 다양한 방식을 통해 고객의 만족을 극대화할 부가가치를 창출했다면 고객은 와인을 구매할 때 반드시 당신을 다시 찾을 것이다. 이제 각자의 영업 현장에서 가능한 모든 방법을 동원하여 부가가치를 창출하고 더 큰 거래, 더 큰 계약, 더 큰 매출을 만들어보자.

knowhow 04 :

연애하듯 영업하라

원래 연애라는 게 내가 해도 되는 걸 굳이 상대방이 해주는 겁니다.
-송중기, <태양의 후예> 中-

　　　　　　영업과 연애는 공통점이 많다. 영업이 고객에게 상품을 어필하여 판매하는 것이라면 연애는 연인에게 자신을 어필하여 인연이 되는 것이다. 연애와 영업을 잘하는 사람은 상대가 헤어날 수 없는 '매력'과 '전략'을 가지고 있다. 영업과 연애의 공통점에 대해 쓰라면 책 한 권 분량도 쓸 수 있을 것이다. 하지만 연애 책도 아닐뿐더러 분량 제한으로 이번 장에서는 그중 '데이트 신청법'을 통해 '영업'에 필요한 전략을 벤치마킹해보자.

　　첫째는 고객과 이성이 거절할 수 없는 질문을 하라는 것이다. 첫 데이트 신청은 쌍방 모두에게 상당히 큰 부담이지만 연인이 되는 데 가장 중요한 첫 단추이다. 그렇다면 데이트 수락 성공률을 높이려면 어떻게 해야 할까?

> 남: 영화 좋아하세요?
>
> 여: 네, 좋아하죠!
>
> 남: 특별히 어떤 장르를 좋아하세요?
>
> 여: 멜로랑 액션 좋아해요.
>
> 남: 아, 정말 다행이네요. CGV 직원인 지인한테 이번 달 개봉
> 작 '007'(액션)과 '사랑'(멜로) 이렇게 2종류의 영화 티켓을
> 받았어요. 민지 씨와 함께 영화보고 싶은데 둘 중에 어떤
> 영화가 더 보고 싶으세요?

만약 이 남자가 상대의 취향 파악이나 부담감에 대한 배려 없이 "오늘 저랑 같이 영화 보러 가실래요?"라는 식으로 무작정 데이트 신청을 했다면 어떤 문제가 발생했을까? 영화 보는 것을 싫어하는 여자라면 남자에 대한 호불호를 떠나 거절할 가능성이 컸을 것이다. 또한 남자에게 호감이 없는 상태라면 데이트 신청은 큰 부담일 것이기에 거절당했을 확률이 컸을 것이다. 그러나 이 남자는 대화의 주도권을 쥐고 자신이 의도하는 대로 대화를 잘 이끌어 나갔다. 상대에게 큰 부담이 될 수 있는 '데이트 수락'이라는 '무거운 선택에 대한 고민'을 자연스럽게 2개의 영화 중 '어떤 장르를 볼 것인가?'라는 '가벼운 선택에 대한 고민'으로 전이시켰다. 고민에 대한 심각성과 부담성이 확실히 줄어들었기에 데이트를 수락할 확률이 높아진 것이다. 남자의 목적은 데이트였기에 상대가 2개의 영화 중 어떤 영화를 보든 상관없다. 여자

의 입장에서도 자신이 보고 싶은 영화를 볼 수 있기에 괜찮은 제안이 되는 것이다.

영업 현장에서도 상황은 비슷하다. 프로 영업인들은 "고객님, 이 바지 사시겠어요?"라는 식의 질문을 하지 않는다. 이런 질문에 대한 답은 "YES or NO" 2가지로 거절 확률이 50%에 달하게 된다. 프로 영업인들은 이미 YES라는 결론을 전제로 고객에게 선택권을 제시한다.

"고객님, 현금으로 사시면 20% 할인해드리는데 현금으로 하시겠어요? 카드로 계산하시겠어요?"와 같이 현금으로 계산하든 카드로 계산하든 일단 고객이 구매한다는 것을 전제로 질문하는 것이다. 고객의 입장에서는 '구매할 것인가, 말 것인가'의 무거운 고민이 단지 '카드로 계산할 것인가, 현금으로 계산해서 할인 혜택을 받을 것인가'라는 가벼운 고민으로 바뀐다.

다른 예를 들자면 "고객님께 바지가 너무 잘 어울리셔서 특별히 고객님께 잘 어울리는 벨트를 선물로 드리려 합니다. 검정색 벨트가 좋으시겠어요? 갈색 벨트가 좋으시겠어요?"고객은 자신에게 잘 어울린다는 칭찬과 벨트까지 덤으로 준다니 기분이 좋아진 상태이다. 이 상태에 이르게 되면 '바지를 구매할 것인가, 말 것인가'의 문제를 생각하기보다는 '검정색 벨트를 덤으로 받을 것인가, 갈색 벨트를 덤으로 받을 것인가'를 고민하게 된다. 이미 구매는 기정사실이 되어 버린 것이다.

둘째, 고객과 이성으로부터 빠른 수락을 원한다면 촉박한 상황을 연출하라는 것이다. 가끔 바로 어제 번호를 받았거나 며칠 전에 소개

받았음에도 빨리 만나고 싶은 이성이 있을 것이다. 하지만 서로 아직 잘 모르는 단계이다. 이 단계에서 카톡 대화만으로 상대에게 데이트 신청을 수락 받는 방법은 없을까?

남: 은지 씨는 주로 뭐하고 지내세요?

여: 요즘 매일 일, 집, 일, 집 반복되는 일상이네요.

남: 은지 씨 혹시 꽃구경 안 가세요? 요즘 벚꽃 정말 예쁘던데.(벚꽃 사진을 보내주며)

여: 우와! 벚꽃 사진 정말 예쁘네요. 친구들 다 가던데 저도 꽃놀이 한번 가긴 가야죠.

남: 근데 일기 예보에 다음 주 월요일부터 비 온다네요. 벚꽃 다 지게 생겼어요.

여: 아, 정말요? 이번 주는 2일 밖에 안 남았는데 속상하네요.

남: 저도 속상해요. 아직 서로 어색할 수도 있지만 벚꽃 지기 전에 주말에 꽃구경 가는 거 어때요?

만약 아무런 밑밥도 깔지 않고 "은지 씨 이번 주말에 꽃구경 갈래요?"라는 용건을 바로 요구했다면 당신에게 크게 호감이 있지 않는 이상 제안을 수락할 가능성이 낮다. 반면 위의 예시 대화는 이번 주말이 꽃놀이를 갈 수 있는 '마지막 기회'라는 명분을 알림으로써 상대를 조급하게 만들어 제안을 수용하도록 유도해 나간 것이다. 그리고 대화를 관찰해 보면 쿠션 멘트(완충 작용을 하는 말)와 레이블링 기법(상대에게 다음 행동을 예고함으로써 마음의 준비를 하게 하여 부담을 덜어주는 기법)을 잘 활용했다. 상대가 아직 서로에 대해 잘 모른다는 이유로 거절할 확률이 높기에 레이블링을 통해 거절 가능성에 대한 사전 방어한 것이다.

"서로 어색할 수도 있지만"이라는 말 속에는 자신도 상대가 부담될까봐 많은 고민을 한 후에 제안한 것이라는 의미를 내포한다. 즉, 상대에 대한 배려나 생각 없이 무작정 요구한 것이 아니라는 것을 은연중에 보임으로써 쉽게 거절하지 못할 명분을 만든 것이다. 이렇게 하면 데이트 성사 확률이 높아진다. 이러한 기법들은 영업에 적용할 수도 있다.

"고객님께서 보고 계신 지금 그 상품이 이번에 한정판으로 생산된 신상인데 지금 5개밖에 남지 않았습니다. 어제 8개가 팔렸으니 오늘 오후쯤 되면 5개 모두 품절될 것 같습니다"라는 식으로 '한정 판매, 선착순 판매, 마감 물량, 품절 임박' 등의 상황을 연출하여 망설이는 고객의 고민 종결을 촉구할 수 있다. 또한 레이블링 기법은 고객에게 곤란한 부탁을 하거나 부담을 주기 전에 유용하게 사용할 수 있다. 큰 부탁을 아무런 거리낌 없이 하는 사람을 보면 고객의 입장에서는 염치없어 보일 수 있다. 하지만 부탁을 하는 사람도 수십 번 고민하고 어렵게 한 부탁이라 느껴지면 쉽게 거절하지 못하는 것이 인지상정이다.

영업인: 아, 고객님 어제 한숨도 못자고 오늘 뵈러 오는 발걸음
　　　　도 무거웠습니다.
고　객: 혹시 무슨 일 있으세요?

영업인: 아, 죄송해서 어디서부터 말씀드려야 할지.

고　객: 설마 그만두시는 건 아니죠?

영업인: 아, 네 물론입니다. 근데…….

고　객: 아, 그만두시는 거 아니면 다행이네요! 괜찮으니까 뜸
　　　　들이지 말고 말해보세요.

영업인: 죄송하지만, 이번에 원자재 가격 상승으로 본사 차원
　　　　에서 전체 납품 단가가 5% 정도 올랐습니다. 면목이
　　　　없어서 말을 할 수가 없습니다.

고　객: 흠, 다른 회사들도 마찬가지인 거죠?

영업인: 네, 대부분 5~8% 정도 인상하는 추세입니다.

고　객: 알겠어요! 시장 가격이 다 오른 건데…… 우찬 씨 잘못
　　　　아니니까 너무 미안해 마세요.

영업인: 이해해주셔서 감사합니다. 대신 납품이나 지불에서
　　　　고객님께 더 유리한 방식으로 최대한 조율해드리겠습
　　　　니다.

　이런 식으로 고객에게 곤란한 말을 할 땐 사전에 밑밥을 깐 후 본론을 이야기해야 한다. 그를 통해 고객이 마음의 준비를 할 시간을 줄수 있고, 영업인이 마지못해 하는 말이라 생각하고 이해해주려 할 것이다. 그만큼 거절 가능성도 줄어든다는 뜻이다.

　연애가 그러하듯 영업도 그러하다. 결국엔 사람의 마음을 얻는 사람이, 사람을 원하는 방향으로 이끌어갈 수 있는 사람이 이기는 것이다. 연애하듯 영업해보자. 영업도 잘되고 즐거워질 것이다.

지금, 나에게 사야 하는 이유

영업을 하며 고객을 만나고 그들의 냉담한 반응에 대응하는 것이 엄청난 훈련이 되었다.
-하워드 슐츠 -

　　　　　　　　　"도움이 필요하실 때 찾아주세요"라는 막연
한 말로 고객들을 놓치는 영업인들이 많다. 필자도 초창기에 습관처
럼 "도움이 필요할 때 언제든 찾아주세요" 하며 잠재 고객들에게 명
함을 뿌리고 다녔다. 그러면 그들은 "그래요. 나중에 연락 줄게요!" 하
고선 돌아서면 연락 주는 사람이 드물었다. 물론 운 좋게 고객이 된
분들도 있지만, 필자가 뿌렸던 명함과 판촉물의 양 그리고 시간 등의
비용을 고려해보았을 때 비효율적인 노력과 투자였던 것이다. 당시
필자는 나름대로 단 한 명의 고객이라도 더 잡아 보려고 시간이 날 때
마다 했던 영업 행위였다. 하지만 고객들에게는 영업인들이 의례 하
는 인사치레처럼 진부하고 의미 없게 들렸던 것이다. 그 사실은 한 고

객의 조언을 통해 알게 되었다. 고객은 "젊은 총각이 열심히 사는 것 같아서 이왕 계약할 거 총각한테 하려고 연락한 거야. 근데 고객이 총각한테 계약해야만 하는 이유에 대해서는 한 번쯤 진지하게 고민해봐"라고 조언해주셨다. 정신없이 약관을 읽어주고 별다른 허들(거절이나 질문) 없이 계약서에 서명까지 받았다. 하지만 기쁘기보다는 믿었던 연인에게 귀싸대기를 얻어맞은 느낌이었다.

며칠 후 자주 가던 카페에 앉아서 창밖에 지나가는 행인들을 멍하니 바라보며 생각에 잠겼다. '며칠 전에 받은 계약은 나를 좋게 봐준 고객을 운 좋게 만났던 거지, 내 실력으로 얻은 계약이 아니었어.' 때마침 카페 창밖 맞은편에 오픈한 음식점이 눈에 들어왔고 판촉 모델 2명이 있었다. 하지만 대다수의 행인들은 관심 없이 가던 길을 재촉해 가버리곤 했다. 출출했던 터라 카페 밖으로 나가 그 음식점 앞을 서너 번 살펴보았다. 하지만 그 판촉 모델들은 특별한 프로모션이나 어필 없이 오픈했으니 많이 찾아달라는 말만 연거푸 하며 춤만 추었다. 맛에 대한 평판이 미지수인 갓 오픈한 식당에서 식사를 망칠 수 있는 리스크에 돈을 베팅하고 싶지 않았다. 차라리 근처에 자주 가던 돼지국밥집에 가는 것이 더 낫다는 생각이 들었다. 그 식당은 '미지수인 맛에 대해 걱정하게 될 사람들의 의문점'에 대한 해결책을 제시하지 못했다. 또한 그 식당의 프로모션은 고객들의 관심과 오감을 끌기엔 임팩트가 미약했다. 물론 새로 오픈했으니까 또는 섹시한 모델이 서 있으니까 호기심에 방문하는 고객들도 있겠지만, 그 외에 영업 스킬을 통해 더 유치할 수 있었던 고객들을 놓치고 있었던 것이다. 어떻게 하면 저 음식점을 스쳐 지나간 행인들을 테이블에 앉힐 수 있을까?

매콤한 철판 볶음 냄새로 행인들의 후각을 자극하고, 시식하러 줄을 선 인파로 인해 더 많은 사람들의 이목을 끌도록 입구에서 갓 요리한 음식들을 맛보게 해줬으면 어땠을까? 그랬다면 맛에 대해 의구심을 가졌던 잠재 고객들의 문제가 해결되어 판매로 이어졌을 텐데…….

또 입구에서 망설이는 고객이 있으면 오픈 할인 행사와 서비스들을 제안하며 고객이 다른 식당이 아니라 그 식당에서 식사를 해야 하는 좀 더 구체적이고 명확한 이유를 보여줘야 했다. 회식을 할 것 같은 손님들에게는 소주나 맥주 서비스 등을 제안하는 식의 고객 맞춤형 영업을 했다면 단체 손님들을 더 많이 유치할 수 있지 않았을까?

고객의 관점에서 영업인을 그리고 나를 되돌아보는 깨우침의 순간이었다. 그 고객에게 조언에 대한 감사 전화를 드리며 사무실로 향했다. 암보험, 상해보험, 종신보험, 학자금 저축, 연금 등 평소 때 구분 없이 고객에게 들이댔던 상품들의 브로슈어를 살펴보며 각 상품들의 특징을 정리했다. 그리고 '각 상품의 혜택을 가장 많이 받을 수 있는 고객은 누구일까?' 고민해보았다. 또한 그 사람들의 성향과 특징들에 대해 고민하고 정보를 수집했다. 그 잠재 고객군(연령, 성별, 직업군 등의 기준으로 분류한 고객군)이 주로 겪고 있는 고민거리가 무엇일지, 그 문제점들을 각각의 상품이 어떻게 해결해줄 수 있을지 상품의 효용에 대해서도 정리했다. 또한 고객의 문제를 해결해줄 이 상품을, 다른 회사가 아닌 우리 회사를, 다른 영업인이 아닌 나에게 사야 하는 이유에 대해 끊임없이 자문했다. 마지막으로 이 모든 내용을 고객에게 설계

해줄 기회를 잡기 위해서 어떻게 고객의 관심을 끌어야 할지 고민해 보았다. 2주 동안 공들인 이 작업으로 정리된 각 상품별 핵심 장점을 고객들이 이해하기 쉽게 딱 4줄로 요약하고, 컨설팅을 제안한 초청 카드와 판촉물로 만들어 영업 전선에 뛰어들었다.

성과는 기대 이상이었다. 이때 쌓은 내공을 바탕으로 박람회 부스 영업을 할 때 3박 4일간의 짧은 시간 동안 200만 원 이상의 실적을 달성했고, 학자금 저축 판매 지점 MVP를 할 수 있게 된 게 아닌가 싶다.

잠재 고객과 영업인의 짧은 만남은 상품에 대해 어필하고, 구매를 제안할 수 있는 시간을 얻어낼 수 있는 소중한 기회이다. 하지만 직면하게 될 거절에 대한 두려움, 상품이나 자신의 영업력에 대한 자신감 부족, 고객을 협상 테이블에 앉힐 방법에 대한 고민 부족 등 여러 이유로 인해서 많은 영업인들은 '다음에 필요하실 때 찾아주세요'라는 무책임한 말로 이러한 소중한 기회들을 막연한 미래로 지연시키거나 놓치고 있다. 소중한 기회를 놓치지 않기 위해서는 다음번이 아닌 '바로 지금', 다른 회사 상품이 아닌 '우리 회사 상품'을, 그리고 다른 영업사원이 아닌 '바로 나'에게 사야 하는 이유에 대한 답을 고객에게 명확히 전달해야 한다. 그러기 위해서는 고객이 원하는 것과 고객이 겪고 있는 문제를 내가 누구보다 잘 해결해줄 수 있음을 각인시켜야 한다. 마치 연속극 편집자가 예고편을 통해 다음 편 드라마의 시청률을 끌어올리듯 호기심을 끌 만한 내용들을 집약적으로 전달해야 한다.

"혹시 고객님께서 이런 점 때문에 고민하고 계신 거 아닌가요? 제게 상담을 받으시면 고객님의 그러한 문제를 기존과 전혀 다른 방식으로 해결해드릴 수 있습니다. 잠깐 시간 내어주실 수 있나요?"

"고객님께서 기존에 사용하고 계시던 그 제품의 유지비용보다 매달 20%의 비용을 절감할 수 있는 고효율 상품이 있습니다. 아참, 저는 저희 지점에서 3개월 연속 고객 관리 우수 표창을 받은 바 있습니다. 최적의 상품을 최저가에 소개해드립니다. 담배 한 대 피우실 3분의 시간이라도 내주신다면 완벽하게 설명해드리겠습니다."

"매달 외식 1회 비용으로 고객님 자녀 교육비를 준비할 수 있는 학자금 저축 상품이 있습니다. 자녀분의 미래를 지켜줄 이 상품이 궁금하지 않으세요? 저는 학자금 저축 관련 공인 자격증도 있고 재무 설계 프로세스를 이수한 전문 컨설턴트입니다. 고객님께서 만족할 완벽한 교육비 재무 설계를 약속드립니다. 상담 받고 가세요."

"고객님, 제가 조부님께 관상을 좀 배웠습니다. 고객님은 제가 올해 만난 고객분들 중 가장 관록 있는 관상을 가지고 계십니다. 고객님의 관록을 더 돋보이게 해드릴 이 세단을 고객님의 차로 만들어 드리고 싶습니다. 고객님의 소중한 5분을 허비하지 않도록 최선을 다해 상담해드리겠습니다."

"고객님, 지금이 바로 투자 최적기입니다. 3년 후 시세 차익 생기시면 반드시 제게 고마워하실 겁니다. 저는 공인중개사 협회 사무장을 맡고 있고, 현재 한국 토지공사에 강연을 진행하고 있습니다. 전 이 지역에서 10년째 부동산을 하고 있습니다. 한 우물만 팠기에 이 지역에 많은 유지 분들이 저를 믿고 거래를 맡겨주십니다. 차 한잔 하시면서 고객님의 재산을 증식할 고급 정보 듣고 가세요. 커피가 좋으세요? 녹차가 좋으세요?"

"고객님, 저희 레스토랑이 다른 업체들과 음식의 맛이 다른 이유를 딱 한 문장으로 말씀드리겠습니다. 저희는 '유기농 식자재'를 '아침마다' 공급받아 '호텔 출신 셰프'가 요리한 음식만을 제공합니다. 손님들이 많으셔서 예약이 꼭 필요합니다. 메뉴와 예약에 대해 안내해드릴까요?"

"고객님, 은퇴 후 창업을 고려하고 계신다고요? 평생 모은 돈을 투자하는 것이기에 얼마나 소중한 돈인지 잘 알고 있습니다. 저희 본사는 고객님의 성공 창업을 위해 임직원 800명이 불철주야로 메뉴와 브랜드 개발 그리고 가맹점 관리에 힘쓰고 있습니다. 저 또한 저희 아버지가 창업 준비를 하신다는 심정으로 함께하겠습니다. 저와 저희 회사를 믿고 맡겨주시겠습니까?"

위와 같이 구체적이면서 간결하게 '나에게 사야 하는 이유'를 어필해야 영업할 기회를 얻을 수 있다. 위의 예시들을 응용하여 여러분의 소중한 고객들을 사로잡아보자. 그동안 잠재 고객을 찾아내는 데 성공률이 낮았다면, 고객을 협상 테이블 근처에서 매번 놓치고 있었다면, 며칠 밤을 새서라도 아래 질문에 대한 답을 고뇌해보자!

"고객이 다른 영업인들이 아닌 바로 나에게 사야 하는 이유가 도대체 무엇일까?"